Taschenbuch

Die Hauptfigur ist ständig auf Reise. Sie fliegt, fährt, geht zum Treffen ihres Glückes. Und auf dem Weg lernt sie neue Länder und Städte kennen, trifft Menschen, verliebt sich und durchlebt magische Augenblicke.

Zauresh Dandybayeva ist von Beruf Ingenieurin und in der Seele eine Schriftstellerin, die einen Versuch wagte – die Seele auf das Papier zu bringen. So entstand das erste Buch – eine Gedichtsammlung „Der Entwurf"

Zauresh Dandybayeva

„Gespenster aus der Vergangenheit"

Roman

Impressum
©2021
Text: Zauresh Dandybayeva
Coverbild: D. Dukenbayeva
Übersetzung: Lena Muchin
Herstellung und Verlag: Books on Demand, Norderste
ISBN: 9783754314371

Inhalt

Vorwort

Wir leben in einer neuen Zeit, und deswegen hat alles Neue eine besondere Anziehungskraft.

Zauresh Dandybayeva ist von Beruf Ingenieurin und in der Seele eine Schriftstellerin, die einen Versuch wagte – die Seele auf das Papier zu bringen. So entstand das erste Buch – eine Gedichtsammlung „Der Entwurf"

Dann wollte sie sich in der Prosa ausprobieren. Ganz einfach. Worüber schreiben? Über das Leben, das Glück, die Suche nach sich selbst, seiner besseren Hälfte; über Beziehungen, den Werdegang, die Bewusstwerdung, das Umfeld, den Angebeteten; das was man fand, was man verloren hat, den Sinn des Lebens; über die Bezauberung und die Enttäuschung....

Das Leben ist ein Labyrinth. Findet man einen Ausweg, da kommt schon die nächste Aufgabe. Und diese zu lösen, kann man nur dank Menschen, die deinen Weg kreuzen Und wenn du einem/einer von ihnen begegnest, dann denkst du, er/sie ist der Held deines ganzen Lebens.

Und die Numerologie bestätigt es dir, und das Herz erstarrt, und er/sie kam, um dir (der Hauptfigur) zu helfen, eine Antwort auf die Frage zu finden, neue Möglichkeiten zu entdecken, neue Kenntnisse zu erlangen, dir den Schlüssel zu geben für etwas sehr Bedeutendes. Denn die wichtigste Aufgabe eines jeden von uns, ist es sich selbst zu realisieren, die eigene Bestimmung zu erfüllen. Und wenn du dich selbst verwirklicht hast, ziehst du auch deine bessere Hälfte an: für das Glück.

Die Heldin ist immer auf Reise. Sie fliegt, fährt, geht zum Treffen ihres Glückes. Und auf dem Weg lernt sie neue Länder kennen und Menschen, sie verliebt sich und durchlebt zauberhafte Augenblicke.

Die Autorin schreibt einzigartig, sie weiß, was sie zu erzählen hat...Sie war selbst in diesen Ländern. Und sie berichtet über reale Museen, Künstler, Schriftsteller, bekannte Persönlichkeiten, Traditionen, Besonderheiten...So entsteht eine besondere Mischung aus Fiktion und Realität.

Die Bücher Zauresh Dandybayevas handeln vom aller Wichtigsten und Bedeutendsten. Auch über schwere Dinge erzählt sie ehrlich und einfach – so wie sie denkt. Es wird gezeigt, dass wenn du großzügig Liebe und Glück mit der Welt teilst, eines Tages alles um dich herum erblühen wird und sich in ein göttliches Paradies auf Erden verwandeln wird. Und wir wollen den paradiesischen Genuss jetzt und hier. Wenn die Autorin das Narrativ erzählt, zieht es den Leser magisch an. Das ist wie ein Gespräch zwischen Seelen. Wobei jedes Sujet ein neues Thema inne hat, ohne dabei zu vergessen, dass es eine einzige Sujet-Linie gibt. Und jede Episode kann als einzelner Teil betrachtet werden, als einzige Erzählung oder sogar als Szenarium eines Filmes. Das Potential des Autors spricht davon, dass man eine neue Form der Auseinandersetzung mit den Sujets des Lebens erschaffen muss. Dessen Heldin ist eine lebendige, dynamische junge Frau, die auf der Suche ist.

Zauresh Dandybayeva ist selbst eine einzigartige Person: modern, mit einem weiten Horizont. Die Sphäre ihrer Interessen umfasst die Kinematographie, die Kunst, das Theater und die Musik.

Sie blickt scharfsichtig auf die Realität und erzählt darüber, wie man in der modernen Welt lebt, das annimmt, was mit dir geschieht, und wie man die Welt und sich selbst entdeckt.

Zu jeder Episode des Lebens der Heldin, gibt die Autorin, praktische Tipps, psychologische Ratschläge, die bei der Entscheidung von realen Lebensfragen helfen. Das ist das Geschenk des Autors an den besinnlichen Leser.

Die Autorin selbst ist ständig auf der Suche der Selbstverwirklichung, die darauf zielt, um sich selbst zu verbessern, oder seine Umgebung. Und ihre Werke helfen dem Leser, eine bessere Version seiner selbst zu finden. Und das ist die wichtigste Mission der Autorin – jedem dabei zu helfen, seine Bestimmung zu finden, glücklich zu sein.

Antipina Elena -
Hauptredakteurin der Zeitschrift Kurort.kz

„Reise nur mit denen, die du liebst"
(Ernest Hemingway.
„Ein Fest fürs Leben!")

Das Leben ist die aller interessanteste Reise. Wir werden im Punkt „A" geboren. Dann schließen wir den Vertrag mit dem Schöpfer über jene Ereignisse und Punkte der Berufung, die wir durchleben nach einem Szenarium und die Bühne verlassen, in jener Stunde, die wir vereinbart haben. Die Personen, die uns auf dem Weg begleiten, wechseln sich ab. Irgendjemand geht auf der Linie der Ereignisse, sagen wir in den Zug, der zu diesem oder jenem Ort fährt, nach seinem Stundenplan. Irgendjemand trifft dich auf dem Gleis, am Flughafen... Wir trinken die Schale der gemeinsamen Ereignisse ganz aus, verabschieden uns von Hass oder Liebe und glauben daran, dass die Göttin Erfolg uns ein neues Treffen schenkt. Und dieses wird sicher ein Happy End haben. Aber!!! Die Gesichter aus der Vergangenheit kommen auf unserem Weg wieder zum Vorschein und es beginnt ein Durcheinander. Wie man dieses Knäuel entwirrt, weiß nur der Schöpfer. Doch auch unser Herz weiß, was man tun soll, um die Kraft der Gespenster zu neutralisieren.

Tuk-tu-tuk...klingen die Räder des Zuges, der in meine hellen Weiten fährt – des dreißigjährigen Alters. Die Erinnerungen besänftigen das Herz: hier sind sie meine teuren, geliebten Moskauer, die Nächte von Issyk-Kul', die voller Geheimnisse sind, die ich mit meiner Schwester Olga teilte...Hier ist Nizza, Paris, St. Petersburg, meine liebste Atuchechka. Mit jedem Gespenst flog ich wirklich irgendwann zu den Sternen. Und nun ist er wieder hier und jetzt um mich zum Grund meines Herzens zu führen, damit ich verstehe, wozu ich dieses Treffen gebraucht habe.

Ich schreibe ein Buch, liege auf dem Sofa in meinem aromatischen Apfelgarten. Ein Wind vom Alatau weht süße Schwärmereien, im Herzen und dem Bauch flattern Schmetterlinge. Ich bin schwanger mit Gespenstern. Und bereit für die Geburt:

Die Gespenster werden nachts geboren, denn sie sind leuchtende Schatten, wie leuchtend sie sind...

Tuk-tuk-tuk...das Herz bringt mich wieder auf das Sofa und erinnert mich daran, dass ich noch Zeit habe bis zum Flug und bereits vereinbarte Treffen auf mich warten...

...Ich setze mich ruhig in den Zug und erwarte die Treffen mit Mitreisenden.

Ich werde sie vorstellen, so wie sie in mein Leben eintreten. Und ein jedes Treffen ist eine einzigartige Geschichte, die mir den Schlüssel schenkt, der die Tür des Herzens öffnet, den inneren Dialog des Bewusstseins hereinlässt, mit dem biologischen System des Organismus, in dessen Prozess sich Gedankenkodes bilden, mit dem Gefühl, einmal dorthin zu kommen, wo Ihr Herz Sie hinführt.

Meine liebste Olja

Olja ist mein Schwesterchen – meine Fortsetzung, meine bessere Hälfte. Dazu die aller fröhlichste, coolste und lebensfreundlichste. In der Kindheit waren wir unzertrennlich, wie beste Freundinnen: lachten bis zum Umfallen, teilten Geheimnisse. Sie zog die Freude an, sie war auch das Kissen, in das ich meine Tränen der Sorge und Enttäuschungen weinte.

In welchem Moment haben wir uns voneinander entfernt, das weiß ich nicht. Möglich, dass es dann geschah, als ihr Liebhaber meinen Platz einnahm. Für mich war die Ehe Olgas eine echte Tragödie. So als ob aus mir eine Waise wurde. Mir fehlte ihr funkelnder Humor, ihre Streiche, ihre Verspieltheit. So als ob Wolken die Sonne verdeckten und der Regen tagelang wie aus Eimern goss. Meine Seele weinte. Nur mit Olja lachte ich bis zum Umfallen: ich lachte so, als ob man mich an den Füßen kitzelte. Ich konnte mich nicht damit anfreunden, dass man mit Olja gestohlen hatte.

Das Glück hatte kein Ende, als wir endlich in die Berge aufbrachen. Zu zweit! Wir gehen den Pfad entlang, riechen die

Margeriten, wundern uns über die Eichhörnchen. Und wir wollen nicht über Oljas Ehemann sprechen oder über meine Romanzen. Das scheint so unwichtig und unbedeutend zu sein. Es gib nur noch mich und mein Schwesterchen. Aufstieg, noch ein Aufstieg. Und nun erstreckt sich vor uns ein Plateau, das von der Sonne beschienen wird. Unten rauscht der Bergfluss, der Blick richtet sich auf die Schneekuppen der Berge. Die Energie des Lebens kehrt zurück und ich spüre, dass Olja in dem Moment irgendetwas sehr Bedeutendes sagen wird. Und ich höre hin.

„Meine Liebe, ich habe eine Bitte an dich", sagt Olja und hebt ihre Sonnenbrille. Ihre Augen sind himmelblau, freundlich, fröhlich. Ich sauge mich an Olja fest mit einem geizigen Blick, in der Erwartung, eine Wahrheit zu erfahren: Olga ist für mich die Begleiterin, der Guru und einfach die liebste Schwester.

Ich stelle mir vor, dass Olja und ich immer gemeinsam gehen werden: Olja vorne und ich hinter ihr. Und sonst niemand. Olja goss mir Tee aus der Thermoskanne ein, holte Piroggen und Butterbrote aus der Tasche...

„Es war schwer, hoch zu gehen, doch dafür haben wir einen solchen Ausblick. Wir können die Wolken berühren. Spürst du es, wir lösen und in der durchsichtigen Luft auf."

Ich spüre, dass durch mich tatsächlich ein Strom der Liebe fließt. Ich bin der Welt so dankbar, dass ich ein Schwesterchen habe. Wir sitzen nebeneinander, wir sind wie Eins. Und ich möchte nichts hören, was mich beunruhigen könnte. Doch auf der Seele liegt eine Sorge. Und ich atme die ganze Luft aus und beschließe zu fragen.

„Möchtest du um etwas bitten?"

„Ja, ich habe eine Bitte. Ich muss mich ganz der Familie widmen, könntest du lernen, ohne mich zu leben: mich nicht mehr anrufen, keine Treffen mehr zu planen. So zu leben, als ob es mich nicht gäbe?"

„Doch es gibt dich", ich umarmte Olja und schmiegte mich an sie.

„Du denkst so."

Olja und ich sprachen oft darüber, dass alles Reale so veränderbar ist und oft surreal, dass es schwer zu verstehen ist, wer wer ist und was, was. Doch ich konnte mir nicht vorstellen, dass Olga, wie wir alle, ein Teil des Universums ist und möglicherweise die Frucht meiner Einbildungskraft, meine innere Stimme, die Reflexion meiner Intuition, die ich personifizierte. Olga lachte kindisch.

„Wir haben uns daran gewöhnt, dass wir UNS haben. Doch jetzt gibt es IHN. Es scheint, als ob ich mit ihm verschmolzen sei. Wobei ich von einem Abgrund, einem Sturm, erfasst wurde. Ich bin wie ein Goldfisch in einem stürmischen Strom: entweder man fängt mich mit der Angel oder ein Hai frisst mich. Entschuldige...Es scheint, als ob die Kindheit vorbei sei. Wir müssen lernen so zu leben, als ob es außer uns niemanden mehr auf der Welt gibt."

„Als ob ich dich nicht habe?"
Was ist das? Eine Stimme vom Himmel? Das hat sicher nicht Olja gesagt. Uns gibt es. Ich nahm ihre Hand in meine. Oljas Ehering leuchtete unter den Sonnenstrahlen und blinkte: „Liebe – Ring". Und mir schien, als ob der goldene Fisch sich in einem Netz verfing.

„Liebes, du bist erst seit einem Jahr verheiratet, und du und ich sind von Anfang an zusammen. Bist du dir sicher, dass du ohne unsere gemeinsame Zeit, ohne unsere Gespräche leben kannst?"

„Es soll so sein...Ich lerne, selbstständig zu leben, mich selbst zu lieben. Man sagt, wenn man es lernt, selbst zu leben, sich selbst zu lieben, dann wird die ganze Welt um dich herum sich zusammenfalten und die echte Liebe wird durchscheinen. Ich sorge mich um dich. Und um mich. Ich möchte mich selbst ganz mir selbst und meinem Ehemann, meiner besseren Hälfte, widmen.

Olga senkte ihre Hand in den Rucksack, holte ein schönes Magnet heraus und gab es mir: „Wir sind immer zusammen." Wie einfach Olja das sagte, worüber ich immer nachdachte: wie soll man zusammen sein, wenn jeder von seiner Natur aus ein Einzelgänger ist – du kommst alleine zur Welt und gehst alleine. Und im Laufe des Lebens lernst du, selbstständig zu leben. Für Olja ist es einfach.

Diese Einfachheit hat Olja von dem Vater. Übrigens haben Olja und ich verschiedene Väter. Und es gibt vieles, in dem wir uns voneinander unterscheiden. Doch es scheint als ob wir beide ein einziges Herz hätten, denn sie spürte mich in jeder Nuance.

Olja war für ihr Alter erstaunlich weise seit ihrer Kindheit, sie war ein liebes und sanftmütiges Mädchen. Mein Charakter ist kein Zuckerschlecken: ich konnte wegen jeder Belanglosigkeit impulsiv werden. Olja war so bezaubernd. Ich versuchte sie in allem zu kopieren, bis zum Atmen. Nur mit dem Ehemann hatte Olja kein Glück. Die böse Fortuna mischte sich in den aller feinsten Moment ein: als Olja vor der Wahl stand – entweder das Glück oder die Erfahrung. Es kam zum Zweiten. Doch ein stiller See vollbringt keine talentierten Seemänner: jeder nach seinen eigenen Kräften. Das Wichtigste ist, den Ruf des Lebens anzunehmen und all die Momente, wo Dunkelheit und Trauer herrschen, zu erhellen. Man soll Liebe und Licht dahin lenken, wo man sie am nötigsten braucht. Deswegen kannst die Wahl nicht als leichtfertig bezeichnen. Wir wählen, man wählt uns. Und zwischen uns ist die Göttin Fortuna. So soll es sein! Das ist das Leben, meine Teuren.

Doch die kindlichen Erinnerungen darf mir niemand nehmen. In der Kindheit nannte ich Olja „Der weise Kaa" und sie mich „Großes Kind". Wir wuchsen getrennt voneinander auf, doch die Entfernung stärkte unsere Verbindung zueinander. Ich habe auch jetzt vor Augen unsere Umarmungen, unser Lachen in den Momenten unserer Treffen..

Als ich mit achtzehn Jahren das Haus verließ, besuchte mich Olja in den Ferien. Und das Glück floss wie ein Fluss: es hatte keinen Anfang und kein Ende. Wir erinnerten uns an unsere kindlichen Tändeleien, machten uns über die Verwandten lustig, indem wir jeden nachahmten und eine ihrer Besonderheiten übertrieben.

Das aller Witzigste war das sich lustig Machen über die Schwägerin, der die Natur kein fülliges Haar schenkte und sie nicht gerade mit Schönheit ausstattete. Sie ähnelte einem Äffchen. Und wir amüsierten uns, indem wir ihre affenähnlichen Posen nachahmten.

Und wir machten ihre Blicke nach. Und lachten uns krumm über die erfolgreichen Inszenierungen. Hoffentlich verzeiht uns die Schwägerin. Solch frechen Schwestern waren wir. Und wir nannten die Schwägerin unter uns „Anfiska"

Noch einmal tausend Mal Entschuldigung. Heute schäme ich mich dafür, dass wir uns über die Verwandten lustig machten und sie nachäfften. Und damals ging ich in Rage, als ich eine ganze Kompanie von Brüdern und Schwestern anführte, die bei uns zu Gast waren wegen verschiedener Gründe. Ich als Beschützerin, bekam es am stärksten zu spüren. Es war schmerzhaft und traurig, doch bei jedem neuen Grund frech zu sein, erwachte in mir das Teufelchen.

Und wie ich unsere Reisen zum Issykkul' liebte. Mama konnte diesen See nicht ausstehen und bevorzugte es zuhause zu bleiben. Und wir, ein nicht schreckhaftes Volk, kamen in diese wunderbaren Gegend, genossen die Sonne, das Wasser, die Freundschaft. Es gab auch viele romantische Geschichten, deren Heldin ich selbst war. Besonders interessant sind die Geschichten mit den Moskauern, für die ich warum auch immer, ein Zentrum der Anziehungskraft war. IssykKul' war keine Ausnahme. Eine solcher Romanzen beobachtete Olga. Doch sie hatte schnell einen Ausspruch:

„Kein Paar."

Und sie täuschte sich nicht. Die Beziehung begann spontan und zerbrach spontan, wie ein Haus aus Papier. Ein Jahr später, bekam ich bei einem Urlaub in der Türkei, eine zweite Chance, einen Moskauer zu heiraten. Doch auch dieses Treffen war nicht schicksalsträchtig. Olja fasste zusammen:

„Er ist nichts für dich."

„Wo ist denn, der für mich?"

Bald machte ich Olja mit einem neuen Liebhaber bekannt – Darhan.

„Er liebt dich", fasste Olja knapp zusammen. Wie sehr ich der Schwester dankbar bin für die Ehrlichkeit. Und noch hatte Olja die Fähigkeit das aller Unwahrscheinlichste an sich zu ziehen. Nach ihr schauten sich charismatische Männer um und hübsche Kater und die allerbesten....In meiner Nähe finden sich nur jene, wie mein Liebhaber Beljaashik, der eine besondere Pflege und sorgenvolle Hände braucht. Ich kümmere mich liebevoll um sie und sie werden frech, schreien mit einer wilden Stimme, Fleisch fordernd, Milch, Schmand, ignorierend, dass sie nur Katzenfutter verdienen. Wie sagt Olja: „Aus dem Schmutz zum Fürsten." Der unterirdische Spitzname meines Katers ist „Breschnev." Nicht nur wegen seines Charakters nannte ich ihn so, doch auch weil er in seiner Jugend schwarze, breite Augenbrauen hatte: sie umrahmten wie ein Bilderrahmen das weiße Schnäuzchen.

Doch im Vergleich mit Oljas Kater Serdzh mit einem roten Fell, ist meiner einfach nur ein Giftpilz. Verzeih mir, Beljashik. Ich liebe dich mit meinem ganzen Herzen. Doch du und ich sind nicht Olja mit Serdzh. Es sieht so aus, als ob jeder für sich selbst entscheidet. Und ich bin trotzdem zufrieden. Im Allgemeinen bin ich mit allem zufrieden, doch mich von Olja zu trennen, möchte ich nicht einmal auf kurze Zeit.

Für mich ist Olja die Wahrheit in der letzten Instanz. So spricht auch Olja über mein Verhältnis zum Kater, so dass du es nie vergisst:

„Der Mensch ist insofern gebildet, inwieweit er in der Lage ist, den Kater zu verstehen."

Ja, das sagte Bernard Show, doch ich hörte es von Olja. Früher dachte ich, dass die Wahrheit, eine Sammlung von unangefochtenen Postulaten ist, die für alle die selben sind. Ich war oft böse auf die, die nicht nach den Regeln lebten. Besonders reizten mich die Verwandten, von denen ich dachte, dass sie nicht einmal einfache Wahrheiten verstehen.

Ich war böse und enttäuscht, wenn sie das nicht annahmen

was ich ihnen riet für ihr Wohl – ein Buch zu lesen, einen Film zu schauen, ein Seminar zu besuchen u.s.w. Nur Olja hörte mir zu und beruhigte mich:

„Jeder hat seine eigene Wahrheit. Das, woran du glaubst, das ist die Wahrheit. Und von den anderen annehmen können wir nur das, was wir hören, was unserer Wahrheit ähnelt. Und wenn das Herz nicht hinhört, dann heißt es, dass man erst einmal unterschiedliche Wege geht. Dunkelheit. Wir machen die Taschenlampe an und beleuchten unseren Weg, dabei tanzen wir mit unseren Tango-Schuhen und singen Tarkanovskijs „Kiss-kiss".

Und da gehen Olja und ich am Fluss entlang. Der Bergfluss rauscht und wir gehen leise weiter. Dann machen wir eine Pause. Irgendwie muss man die bevorstehende Trennung verarbeiten. Was soll man mit mir machen: ich glaube nicht an Trennungen. Das ist ein Witz Oljas. Doch ich glaube daran, und dieser Gedanke hilft mit, meine Kindheit, meine Sorglosigkeit zurück zu holen. Und wirklich, wie kann man dieses Geschenk der Natur verlieren – die kindliche Sorglosigkeit? Da hüpft ein Eichhörnchen von Ast zu Ast und die Krähe mach majestätische Schritte und der Star kündigt den Frühling an...Och... Frühling? Klopf-klopf...das Herz macht Sprünge.

„Olja, welches Kleid soll ich für den Frühling nähen? Vielleicht so eins wie bei dir? Mit Pünktchen? Ach nein. Wozu brauche ich ein Kleid. Ich fliege doch nach Italien zum Sergio.

Er kennt meinen Geschmack: ein enger Rock. Und die Seele ist schon beim Thyrrenischen Mehr. Und ich singe mit der ganzen Stimme:

„Fort alle Sorgen,
Fort jede Trauer,
O, mein Neapel-
wunderbare Weiten.
Ein grenzenloses Glück-
Sie hat keinen Grund.
Santa Lucia!
Santa Lucia!"

Olga nimmt mich an der Hand und wir stehen wie italienische Freundinnen am Ufer des Flusses und singen mit einer Stimme. Ich bin mir sicher, dass das Leben wie ein Fluss ist. Er fließt seinen Lauf. Und das gefällt mir sehr.

Ein Päckchen für die Erinnerung

Der Arbat ist mein Lieblingsort. Nicht weil ich Cafés und Brötchen so mag. Ich mag die Atmosphäre der Seidenstraße, auf der man das Weltpäckchen öffnen kann, man kann es auch schließen, für die Erinnerung an ein neues Treffen.

Wer und wann half mir das Türchen zum Herzen zu öffnen und es offen zu lassen – daran erinnere ich mich nicht. Doch dass es genug Platz hat für alte und neue Freunde, gefällt mir sehr. Wie toll es ist, dass dieses Organ keine Grenzen hat. Es öffnet sich leicht, entwickelt sich, lächelt, klopft, freut sich.

„Klopf-klopf", macht sich mein Herz Sorgen, als es meinen neuen, alten Bekannten ansieht. Ich glaube, ich habe mich verliebt. So sitze ich da mit dem Liebsten, Auge in Auge, Herz an Herz. Auf den Tischchen stehen rote Lampen, drumherum das Techtel-Mechtel, und mein Herzchen miaut. Der schwarze Prinz genießt mein Zwitschern. Und ich treibe so vor mich hin. So als ob der Damm gebrochen sei, und alles was sich in der Seele angesammelt hat, floss wie aus einem Eimer auf den Ritter meines Herzens.

Die einen Geschichten duften nach Vanille, nach Zimt, nach Spitze (als ich mich an Großmutter Vera erinnerte) Die anderen duften nach Blut. Ein schmaler Laser öffnet mein Herz und aus der Tiefe erscheint ein kindlicher Schrei: „Halte mich fest." Doch es hält dich niemand fest: es gibt weder ein Magnet, noch eine Anziehungskraft.

Und plötzlich die Einsicht: Ich habe verstanden, warum Großmutter Vera meiner Mutter so geholfen hatte, mich loszuwerden. Denn meine Mutter nahm mich immer seltener zu sich und ihrem neuen Gatten. Angeblich solle die Jugend das

Glück bauen. Ich verstehe, dass meine Mutter nicht wusste, wohin man mich als Kind, ein Mädchen mit bunten Schleifen, in einem Kleidchen, den Liebling der Erzieher und Nannys im Kindergarten, wohin mit mir.

Ich bin wie ein Sandkorn im Schuh – bin zwar klein, doch störte ich den Gang der Geschichte. Und während die Mutter sich bemühte, eine neue Familie aufzubauen, ohne die Scherben des Alten, wurde ich von einem zum anderen abgegeben.

„Lass uns auf die Liebe trinken", der Liebste hebt das Glas.

„Nun", fange ich seine Worte auf. Und wir trinken auf Brüderschaft.

„Ich weiß nicht, ob meine Mutter meinen Stiefvater liebte. Doch die Großmutter Vera liebte ihren Sohn. Und ich, das archäologische Produkt von zerbrochenen Verhältnissen, blieb irgendwo hinter den Kulissen dieses Theaterstückes und versuchte meine Rolle zu verstehen.

„Deine Rolle ist wundervoll. You are wonderful. Auf dich, Teuerste." Von dem prickelnden Getränk wird mir so warm und gemütlich zu Mute. Unser Tischchen steht direkt am Fenster. Ich sehe, wie die Tauben gurren, wie ein Spatz in der Fontäne badet. Eine Meise schwirrte über der grünen Abzäunung des Cafés, was mich an meine glückliche Kindheit erinnerte.

„Und nun, es wäre gar nicht mal so schlecht, in die Vergangenheit zu tauchen und alles anders zu machen! Wie gerne wäre ich jetzt in der Küche der Großmutter Vera. Ich würde rein rennen, und ihr zu Füßen fallen. Das Bild entstand glasklar. Winterferien. Großmutter Vera und ich sind in der Küche beschäftigt. Wie bereiten uns auf das Fest vor. Der Duft von gekochter Kondensmilch und Vanille schwebt in der Luft – es riecht nach Kindheit. Wir backen Nussschalen aus Teig und füllen die Hälften mit Sgushönka. Tortenböden aus Waffeln bestreichen wir mit der selben Sgushönka, legen Kirschen und Erdbeeren darauf, streuen Waffelkrümmel darauf und die Nüsse. Und so entsteht die Torte. Wir gaben ihr den Namen – Bär des Nordens. Mmhh, da läuft das Wasser im Munde zusammen. Süße Erinnerungen. Jetzt würde ich das erste Stückchen meiner Mutter reichen. Irgendwie plagt mich mein Gewissen: was kann ich machen, damit Mama und ich uns näher kommen? Ich würde an den Rand der Welt gehen, um das Magnet zu finden, welches meine Mutter an mich ziehen würde. Ich würde sie so gerne umarmen. Es sieht so aus, als ob sie in der Kindheit nicht genug Wärme bekommen hat, man hat es ihr nicht beigebracht, sich selbst zu lieben, die Kinder und die Nächsten. So leidet sie an der Kälte, das Herz eine Eisscholle, die nicht schmilzt: es gab keinen Menschen, der ihr Wärme schenkte. Doch die Großmutter Vera schickte ihr helle Sonnenstrahlen. Doch die Mutter bemerkte sie nicht und nahm sie nicht an.

Großmutter Vera sagte, dass der Weg zum Herzen des Ehemannes durch den Magen führt.

„Da hatte sie recht, kannst du denn kochen?"

„Klar. Damit hat man heutzutage keine Sorgen. Es gibt alles mögliche an Lebensmitteln und man kann Rezepte aus der ganzen Welt im Netz finden. In den achtzigern gab es so etwas nicht."

Und schon wieder treibt es mich in das Haus der Großmutter Vera. Ich erinnere mich daran, wie Tante Nadja und Onkel Viktor aus Moskau uns zum Neujahr ein Päckchen schickten – einen Plastikweihnachtsbaum und gläserne Pilzchen und Füchse als Kugeln für den Baum. Meine Freude war grenzenlos. Wir schmückten gemeinsam den Weihnachtsbaum. Und nachts schafften es Großmutter Vera und Onkel Kostja (während ich schlief), unter das Kissen Geschenke zu verstecken.

„Weißt du, die Familientraditionen sind sehr wichtig."

Zuhause soll es nach Torten riechen. Man soll gemeinsam speisen, Feste feiern, die Ältesten respektieren, Geschenke austauschen, sich gegenseitig erzählen, was am Tag geschah , sich bei der Begegnung umarmen. Es soll sich die ganze Familie versammeln.

Mir gefiel es, dass die neue Familie der Mutter mich wärmstens aufnahm, ich bin doch nicht schuld daran, dass ihr Leben eine solche Bahn ging und sie immer wieder versuchte mich irgendwo abzugeben. Ich war ihr eine Last. Überhaupt braucht sie niemanden in ihrem Leben, außer ihren Ehemann. Doch eines Tages gab es Onkel Kostja nicht mehr, und auch die Großmutter war nicht mehr. Ich liebte sie sehr, obwohl es Momente gab, als ich große Schmerzen litt, weil mit der Geburt meiner Schwester, mich alle nicht mehr beachteten, mich weg schoben. Doch meinen Engel Großmutter Vera habe ich mit Liebe in Erinnerung.

In ihrem Haus fühlte ich das erste Mal die Wärme, die Sorge, die kindliche Freude. Sie ist für mich der Sonnenschein im dunklen Königreich.

Und immer wenn ich mich an die Großmutter erinnere, sehe ich vor mir das Bild des Neujahrs, spüre das Aroma des Weihnachtsbaumes, der Mandarinen und ich möchte ihr so gerne ein Wolltuch über die Schultern werfen, ihr ein Stückchen meines Herzens schenken. Ich sehe ihr Lächeln, das innere Leuchten, die Harmonie der Gesten und des Rhythmus, um sie herum ist eine frische, durchsichtige Luft. Sie erfüllt mit ihrem Wesen den ganzen Raum. Und wir sind in diesem, es wird einem gut und warm ums Herz. Und ich weiß, dass Großmutter Vera mich segnet für das Glück, die Liebe und den Erfolg.

„Wie soll es anders sein? Großmutter Vera glaubte an mein Talent. Robertino Loretti war für sie ein wegweisender Stern. Zuerst wollte sie, dass ihr Sohn ebenfalls ein solcher „goldener Junge" wird, dann legte sie all ihre Hoffnung in die Enkelinnen. Doch ich wollte nicht singen. Ich wollte lieber tanzen. So tanzen, dass unter meinen Füßen der Boden bebte, die Funken gen Himmel flogen. Und es leuchteten die neuen Sterne."

Ohne uns abzusprechen, blickten wir aus dem Fenster. Nacht. Im Himmel sind Sterne. Doch ich weiß, dass der aller nächste Stern für mich meine liebe Oma Vera ist, mein Engel.

Wir gingen aus dem Café. Auf dem Arbat spielte jemand Geige. Es erklangen die Töne eines Akkordeons: „Herz, du möchtest keine Ruhe..." Großmutter Vera liebte dieses Lied, sie sang immer wieder traurige, lyrischen Lieder. Und ich zog mich zu ihr. Ich schmiss eine Münze in den Hut des Musikanten, dann nahm ich einen Geldschein: er soll länger spielen, Großmutter Vera hört es. Es laufen die Pferde mit den weißen Mähnen. Und es gibt keine Antwort auf die Frage, wohin, wohin bloß geht die Kindheit?

Schwarzer Schmuck

Ich sitze neben der Fensterbank und sortiere Muscheln. Diese ist vom Mittelmeer, diese von der Adria, und diese aus dem Indischen Ozean. Ich nehme die allergrößte in die Hand und höre hin. UUUUU- das Rauschen des Meeres, der Wind, das Plätschern des Wassers und das Wasser schlägt wie eine Fontäne in alle Richtungen des Meeres. Ein schnurrbärtiger Wal schwimmt durch die Meeresfluten. Und hier ist eine Blondine, die inmitten der Delfine schwimmt. Jung, schön, in einem türkisen Badeanzug. Meine Finger ordnen die Muscheln wie wundersame Hüllen vergangener Tage, welche das Geheimnis der Meeresereignisse bewahren. Was war dort auf den sandigen Ufern – das wissen nur sie.

Mutters Schwiegervater ist nicht mein Großvater. Das war der zweite Versuch der Mutter, glücklich zu werden, und sie schleppte mich hinter sich her, wie einen Koffer ohne Griff. Die eigene Bürde...

Doch diese zu tragen war nicht einfach für die Mutter. Sie versuchte die ganze Zeit für diesen Koffer einen anständigen Platz zu finden.

Irgendwie unbequem war es für sie ihre eigene Last in die Familie zu tragen. Hier soll alles perfekt sein. Soll es, doch keiner versprach es. Der Stiefvater war es nicht gewohnt, zu arbeiten: man hat auch so alles zuhause – vom Kaviar bis zu Meeresalgen. Die Alten sorgten sich auch um seinen und meiner Mutter Urlaub. Mich nahm man natürlich nicht mit. Welcher Urlaub mit einem Kind? So saß ich auch damals neben der Fensterbank und sortierte Steinchen aus dem Meer und Muscheln. Ich wollte mir so gern die Mutter glücklich vorstellen. Hie sitzt sie auf dem Sofa und trinkt frischen Saft, hier ordnet sie ihren Perlen-Schmuck. Wie gut stehen ihr die wertvollen, schwarzen

Erbsen. Der königliche Stein hat eine besondere Kraft: er ist in der Lage, vor dem Unglück zu bewahren.

Daran hat auch Alexander der Makedonier geglaubt, und auch Alexander Sergeevich Pushkin. Und die Krone Katharinas der II schmückten ebenfalls dreißig Perlen, sowie auch den König von Österreich. Jetzt verstauben die Perlen in der Schachtel, manchmal probieren meine Schwester und ich diese an. Doch sie erfreuen niemanden.

Die Mutter wollte sich nicht hübsch machen für die Arbeit: immer den Gedanken daran, wie man mehr verdienen kann und die Familie versorgen. Der Liebste, von dem sich die Staubkörnchen weg pustete, ist nicht nur ein Taugenichts, sondern auch ein Dieb – ganz ohne Scham steckte er sein Hand in Mutters Tasche und kaufte sich, was er wollte.

Und ich halte die Perlen in meiner Hand und ordne sie. Und wie Erbsen tauchen die Fakten der zwanzigjährigen Ewigkeit auf.

Wozu brauche ich die Menschen mit hohen Rangstufen, die kamen, um den Stiefvater auf seinem letzten Weg zu begleiten? Mir tut die Mutter leid, die für das Glück dieser fremden Menschen geboren war, die sich nicht mehr an uns erinnerte, an ihren Traum, an sich selbst. Es ist auch traurig, dass das Leben sich nicht um Mama kümmerte. Es erlaubte der Schwester des Stiefvaters den ganzen Besitz der Eltern zu verkaufen und ins Ausland zu ziehen, dabei die Mutter alleine zu lassen. Diese Geschichte hat eine eigene Wahrheit: „Liebe deinen Nächsten wie dich selbst…" Nein, die Mutter liebte weder sich selbst, noch die Kinder. Und über die Liebe zu Männern will ich nicht urteilen. Ich höre nun die Meeresmuscheln: sie kennen die Geheimnisse der Mutter.

Nur wie soll man diese aus den Tiefen der Meere heraus fischen? Die Welt ist doch so groß. Sie dreht sich, wandelt sich, möchte fallen…Möchte einfach zerbrechen, unter den Füßen verschwinden. Doch wer erlaubt es ihr? Wir sitzen auf dem Schiff, das wir lenken. Rote Segel, helle Weiten. Wozu soll ich fremde Muscheln ordnen? Es ist alles beschlossen: an Silvester mache ich eine Kreuzfahrt. Und wozu soll man im Internet Gespräche führen? Es gibt die Einladung Williams nach Australien. Ich nehme sie an. Bei uns ist Winter, und in Sydney ist schwüler Sommer. Der Pazifik, die Haie...Sie sind in der Lage, alles zu verschlucken, was meine Seele bereits verarbeitet hat und bereit ist vom Deck zu werfen.

Und nun bin ich in Australien. Nun verstehe ich, warum mich meine Seele gerade hierher geführt hat. William – ist kein Kerl einer Romanze, er ist einfach eine verwandte Seele. Und wie angenehm, dass er trotzdem um mich wirbt. Während wir per Skype chatteten, schlug er vor:

„Komm zu mir. Ich lade dich ein. Du bist mein Gast und den Flug bezahle ich dir."

Und nun bin ich in Sydney. Wir gehen das Ufer entlang und schmeißen Steinchen. Ich wundere mich darüber, wie viel Wasser uns umgibt, doch schwimmen tun die Australier in Bädern.

„Der Ozean ist ein Raum für Haie."

„Schade, denn Wasser ist mein Element."

„Doch das Wasser trägt Erinnerung. Es kann lieben und töten für unbedachte Handlungen. Es reagiert auf hohe und tiefe Vibrationen. Und es kann auch ganz verschwinden. In Indien gab es mal so einen Fluss Sarasvati. Es gab ihn, doch dann verschwand er, nachdem die Menschen ihn verunreinigten. Nun beginnt der Ganges, der heilige Fluss, sich zu beschweren. Und wer weiß? Die Drachen sind die Engel der Wasser, sie rächen sich am Menschen, wenn das Bewusstsein sie nicht stärkt."

„Doch man kann sich mit dem Wasser zusammen tun und ihren Zauber wiederherstellen. Es ist wie der Mensch, in der Lage, sich zu verändern. Nun sind wir hier. Man sagt wahrlich, dass, wenn man eine Gewohnheit sät, erntet man den Charakter." Und das Wasser mit seiner veränderlichen Struktur, ist voller Informationen, mit Aromen der Fichtennadeln, Rose und anderer Pflanzen, mit den Fluids der Liebe, der Dankbarkeit, gibt uns Kraft und Freude. Und in unseren Adern fließt das Blut rückwärts. Und der Kopf bildet neue Gedanken, und im

Herzen blühen Rosen, Lotusblumen, bei jedem seine eigene Blume."

„Einverstanden. Denn der Schöpfer hat aus dem Wasser Wein gemacht. Ich denke nicht im direkten Sinn, sondern im Sinn der Möglichkeiten: was du erschaffst, das bekommst du auch. Doch es ist am besten mit dem Wasser bei Sonnenaufgang in Kontakt zu treten. Die Sonne hat in dem Moment besondere Schwingungen. Man muss das Wasser um Entschuldigung bitten für die Taten der Menschen, sich an den Engel des Wassers wenden, damit dieses den Strom des Informationsschmutzes reinigt, und das Wasser mit seiner Liebe füllt. Das Wichtigste im Leben des Menschen liegt im Gleichgewicht des Lebens in Trauer und Freude."

„Doch das ist ein riesiger Ozean. Haben wir genug Kraft, um das ganze Wasser zu reinigen?"

„Ein Tropfen des Wassers hat die ganze Kraft. Ein Tropfen schafft Wunder. Das ist wie ein Löffel Kaffee im Wasserglas: der Geschmack, das Aroma, der Genuss...Und ein Löffel des Honigs verdirbt es. Das ist eine Wahrheit."

Nun verstand ich, dass vor mir nicht einfach nur ein Brieffreund ist. Das ist ein neues Treffen mit einem Lehrer, einem Leiter durch das Labyrinth meines Lebens. William ist der Krieger des Lichtes, welcher wunderbar den Geist beherrscht.

Ich wusste, dass er einen schwarzen Gürtel hat im Kampfsport, doch die Kraft des Lichtes fühlte ich jetzt erst. Wir verlegten die Meditation nicht bis zum Sonnenaufgang. Man möchte gerade jetzt Pausen machen.

Wir stehen mit dem Gesicht zum Ozean. Ich setzte mich auf die Knie und bitte meine Mutter, Schwester, Großmutter mir zu verzeihen, auch mich selbst und alle, die ich in meinem Leben getroffen habe. Ich danke Gott für das Treffen mit William und drehe mich um zu meinem Lehrer. Dieser nickt freundlich und lädt mich ein, sich zu ihm zu setzen. Wir sitzen am Ufer. Meine Hände fühlen den Sand und beginnen eine Burg zu bauen, wie in der Kindheit. Ich höre die ruhige Rede Williams.

„Ich bin froh, dass du hier bist. Alles geschieht zu seiner Zeit.

Und nun lass uns entspannen. Mache die Augen zu, atme langsam und ruhig. Fühle deinen Körper.

Gibt es irgendwo eine Last, unangenehme Gefühle. Denk darüber nach, was dir Sorge bereitet. Erinnere dich, womit unangenehme Gefühle verbunden sind, widersprüchliche Emotionen. Stell dir vor, dass durch deinen Körper ein sauberer Strom des Wassers fließt. Ein ganzer Ozean füllt deinen Körper, löscht alle Sorgen und spült alles fort, was negative Emotionen zulässt. Wenn unangenehme Erinnerungen auftauchen, darüber, dass dich jemand beleidigt hat, erlaube es dem Ozean, diese fortzutragen.

Spüre, wie die Last vom Körper entweicht und saubere Ströme hinein fließen, und mit diesen hohe Energien. Wenn Gesichter auftauchen, die Enttäuschung hervorrufen, sprich in Gedanken mit jedem von ihnen. Berichte, was du alles erlitten hast. Dann sage diesem Menschen, dass du ihm verzeihst, und nichts Böses mehr in dir ist. Soll er seinen Weg gehen. Er kam für eine Lektion. Die Lektion ist beendet. Lass jeden los, mit Frieden und Dankbarkeit, der dir Schmerzen zugefügt hat."

Ich habe wie vom neuen alle schmerzhaften Momente durchlebt und spürte, dass sie nicht mehr da, sie nicht mehr in meinem Körper sind. Ich fühlte, wie die Augen glänzten, und direkt aus dem Herzen das Licht kam. Es wurde so leicht und angenehm. Ich hebe eine Muschel von einer gigantischen Größe auf: nehme mit Dankbarkeit die Gaben des Meeres an. Und mir scheint es, als sei es ein neues, lichtes Haus. In diesem wohnt nun meine Seele. Ich bin in Sicherheit. Es ist so gemütlich in dem hellen Muschelhaus. Ich höre das Rauschen des Wassers, dieses wird mich nicht den neuen Lebensfaden verlieren lassen.

Welch ein ungewöhnlicher, starker Tag, voller Wendungen und Zeichen. Ich weiß, dass es zauberhafte Augenblicke sind. Ich beuge mich bis zur Erde für William, für den Ozean. Drücke in den Händen fest die Muschel: mein Schutzengel. Ich nehme sie mit nach hause. Und ich werde noch viel mehr Muscheln mit mir nehmen, die mich an unsere Meditationen erinnern lassen.

Die mit William, in den Zitronengärten, den tropischen Feldern, den Englischstunden und dem neuen, schwarzen Schmuck.
Die Geschichte meiner Art fährt fort. Nur bin ich selbst die Herrin der Geschichte. Ein Szenarium, das fesselt, die Heldin ist glücklich. Und die schwarze Perlmuttkette ist mir eine Hilfe.

Wir sündigen und sühnen

Wer noch nicht in Paris war, wurde umsonst geboren. Ich begebe mich in das Mekka der Weltmode, in die Stadt an der Seine, nicht für neue Eindrücke, sondern um mich von der Vergangenheit zu verabschieden. Wir begleiteten Serjozha auf seinem letzten Weg, vor sechs Jahren. Und seitdem hatte ich den Gedanken, dass man in jedem Moment das Ticket mit dem Namen „Leben" wegnehmen kann, ohne das Ende des Theaterstückes bekannt zu geben. Und damit es nicht schmerzhaft ist, muss man alles was man machen möchte, jetzt und heute tun.
Man möchte Seelenfrieden, Freude, Glück, Treffen, Reisen, Liebe, Verständnis, Einheit. Und ich grabe die Reste der sorgenvollen Gedanken aus und verwandele sie in Licht mit verschieden Mitteln , die ich mir im Laufe des Lebens angeeignet habe.
Am Flughafen werde ich von Bika begleitet, meine einzige Freundin, nebenberuflich, die Ehefrau Serjozhas, die ihren Status zur Witwe wechselte, als Serjozha uns verließ. Er und Bika hatten vereinbart, lange und glücklich zu leben . Im Hier und Jetzt. Doch Serjozha hielt das Wort nicht. Das kommt vor...
„Sie ist doch noch so jung. Wie wird sie nun leben? Den Sohn großziehen? Hat keine Arbeit, keine Unterstützung von den Eltern, beschwerten sich die Nachbarn und Nächsten, als sie Serjozha auf dem letzten Weg begleiteten.
Unsere Menschen lieben es zu sprechen, leise zu beurteilen, mitleidig zu blicken, einen Waggon mit Ratschlägen geben. Doch was soll man mit diesen Ratschlägen machen? Sie tau-

gen nichts fürs Leben, und es ist leicht, die goldenen Tage zu verderben.

Ich beruhigte Bika nicht, sondern weinte mit ihr. Wie beide verloren einen uns nahen Menschen. Für die Nachbarn war er ein Taugenichts, abhängig, ein Nichtsnutz. Wer ihn zu den Drogen führte und wann, weiß nur der Allerhöchste. Auch er weiß um unsere Anziehungskraft zu Serjozha. Liebevoll, vertraut, der Einzige. Für mein Glück (Gott bewahre mich), hatte er nie auf mich reagiert, doch Bika wurde zu seiner Ehefrau.

Die Kerze brennt zu Ende. Bika und ich sitzen im Halbdunkeln. Der Tag der Erinnerung an den uns vertrauten Menschen. Es brennt die dreiunddreißigste Kerze zu Ende...so alt war Serjozha als er von uns ging. In der Seele herrscht Dunkelheit, doch wir miauen leise: „Das war eine besondere Attraktion..." Wie soll man nun leben? Und gibt es darin einen Sinn? Und wenn nicht? Warum dann nicht so leben, als wäre jeder Tag dein letzter? Und plötzlich taucht der Gedanke auf:

„Lass uns nach Paris fahren. Lass uns die Sorge und Trauer verbannen."

„Du kannst es machen, aber ich kann meinen Sohn nicht alleine lassen."

„Welch eine gute Mutter du bist."

Und ich werde von Erinnerungen überrannt, wie meine Mutter mich immer in fremde Hände gab und selbst auf Reise ging über Meere und Ozeane – dorthin, wo man die Müdigkeit loswerden konnte, die eigenen Federn sauber machen, und wenigstens in der Zeit des Urlaubs eine schöne Dame zu sein, die im Meer der Liebe badet. Und danach? Was kommt, das kommt. Ich sündige und bereue...

Wenn die Mutter von den Meeren zurück kehrte, widmete sie sich der Arbeit. Und ich vermisste sie wieder, ihre Hände, ihren Blick, ihr Wort. Wie gerne hätte ich auf ihrem Schoß gesessen , mich an ihr Herz schmiegend. Ich erinnere mich nicht einmal an die Momente, dass Mama und ich über irgendetwas sprachen. Männer, Arbeit haben mir die Mutter gestohlen, mein

Mütterchen, meine liebe Mama. „Meine, ich gebe sie nicht her." würde ich jetzt schreien. Doch damals weinte ich, war böse, beleidigt, machte Grimassen und erwartete eine Veränderung. Ich kam mir vor wie eine Waise. Wer braucht mich überhaupt noch, wenn nicht einmal die Mutter sich Sorgen um mich macht. Deswegen formte sich in mir die Meinung, dass es keine Freundschaften zwischen Frauen gibt. Es gibt Verhältnisse: Töchter-Mütter, Rivalinnen, Kollegen.

Und hier hast du ein Geschenk, eine vertraute Seele. Meine liebe Bika. Rein, offen, stark, ordentlich, meine Stütze. Meine Vertraute, wie dankbar ich dir bin. Danke, dass es dich gibt. Innerhalb der dreiunddreißig Jahren gab es auch Streit und Meinungsverschiedenheiten. Wir sahen einander in Trauer und in Freude. Sie schmiss alles und kam zu mir, wenn ich den Boden unter meinen Füßen verlor. Sie hatte genug Seelengröße, meinem Weinen zuzuhören, meine Tränen zu trocknen. Nur mit ihr konnte ich ich selbst sein: ohne Maske, die ich trug wenn ich mit meinen Kollegen sprach – Verrätern und Karrieremenschen. Ich sah immer anders aus. Das war die Reaktion auf die Lügen, die Gleichgültigkeit, die um mich herum herrschten: irgend ein Virus der Unmenschlichkeit forderte zum Kampf auf. Und nur Bika, wie guter Wein, wuchs in alle Richtungen, blühte auf, wurde weise, konkret. Sie verließ jede Situation mit Würde, und wurde wiedergeboren wie ein Phönix aus der Asche.

Doch lernten Bika und ich uns kennen als Rivalinnen, die in ein und denselben Mann verliebt waren. Beide waren in Serjozka verschossen. Er entschied sich für Bika. Doch ist es ein Glück, wenn der Ehemann drogenabhängig ist? Nicht nur Bika litt darunter, sondern auch seine Eltern. Und nun gibt es ihn nicht mehr. Schon sechs Jahre nicht mehr. Als wäre er bei uns. Wir glauben mit der ganzen Seele, dass er in Frieden ging, sich freut, dass die Eltern glücklich und gesund sind, dass der Sohn gut aufwächst. Bika hat alles im Griff, sie ist stark. Das ist die Wahrheit. Man zerbrach nicht ihre Lebenssituation: die Eltern wandten sich von ihr ab, als sie erfuhren, dass sie einen Drogenabhängigen ausgesucht hat; bis zum letzten Moment verlor sie nicht den Glauben daran, dass Sergej für den Sohn zur Vernunft kommt, für die Familie. Nun gibt sie ihre ganze Liebe dem Sohn. Soll der Kleine klug und vernünftig aufwachsen, mit einem offenen Herzen, wie seine Mutter. Darum bitte ich den Schöpfer. Bika und ihr Sohn sind meine nahen Menschen. Und Serjozha ist für uns drei da.

Wie sehr ich eifersüchtig war auf seine Verehrerinnen, und konnte mir ein Leben ohne ihn nicht vorstellen. Jetzt ist es witzig und gleichzeitig traurig, sich zu erinnern. Ich bin ein städtisches Mädel, das zur Großmutter fuhr, wie alle seine Verehrerinnen, ich verliebte mich über beide Ohren. Ich habe ca. sieben Jahre lang Serjozha mit Liebesbriefen bombardiert, widmete ihm Gedichte, rief ihn an.

Und zur Antwort bekam ich ein Lächeln und Sprünge weg von mir, näher zu Bika. Und wirklich, wer war ich für ihn? Eine naive Frau mit einem Zopf. Er hatte andere Liebesstandards. Er machte sich über das Schicksal lustig und war der Liebling der Eltern und der Damen. Und ich bekam die Rolle der Tatjana Larina. „Ich schreibe euch, was ist mit dem Schmerz..." Ich glaubte immer an die Kraft des Wortes. Und nun fliege ich nach Paris mit dem Glauben an ein neues Wort, das sicher ankommt und unser Schicksal richtet. Meine Fahrt ist meine Pilgerschaft, von der nur Bika Bescheid weiß, weil sie alles über mich weiß. Ich bat Bika, einen Zettel zu schreiben an den Schöpfer und an Serjozha mit der Bitte mich zu entschuldigen, für die Lektion zu danken, dafür, dass er mir beibrachte geduldig zu sein.

Ich lasse unsere Botschaften in der Kirche auf dem Montmartre. Verzeihe uns Schöpfer, der und beide in die Liebesgeschichte zu Serjozha verwickelt hat. Möge er unsere Seelen reinigen und unseren Verstand erhellen.

Die schneeweiße Basilika im Sacre Coeur begrüßt mich auf dem höchsten Punkt des Berges Montmartre. Man sieht sie von einem beliebigen Punkt in Paris, wie auch den Eiffelturm. Und hinter dem weisen Wort des Lehrmeisters zieht sich der Reigen der Pilger von allen Ecken der Welt auf der Suche nach

Schutz und Segen des heiligen Herzens, des Herzens Christi. Christus empfängt beim Eingang.

Ich zünde schweigend die Kerze an und denke, womit ich hier her kam.

Die Kerze brennt, der Wachs fließt runter..." Ehrlich, ich würde gerne in der Kirche bleiben. Es ist so ruhig hier: es gibt keinen Stadtstress, keine Businessfragen, nicht das Klären von Verhältnissen. Das ist alles dort, weit, weit weg. Ich gehe zum Licht und hier sind wieder die Stufen. Nun nach unten. So ist es auch im Leben: nach unten-nach oben...Ich drehe mich um, ich möchte die Situation in Erinnerung behalten. Die Kirche glänzt und schimmert. Es stellt sich heraus, dass sie sich selbst reinigen kann, mit Wasser in Berührung kommend. Ich versuche zu verstehen:

„Wie kann ein Stein in der Lage sein und der Mensch, die größte Schöpfung Gottes, sich an den Rand der Welt zu begeben für die Hilfe. Und so geht er auch oft aus dem Leben, ohne Antworten auf die Fragen zu finden."

Doch jetzt ist mein Herz mit besonderer Freude erfüllt. Und ich sehe die Erleuchtung auf den Gesichtern derer, die mit mir sind während des Gottesdienstes.

Der Gesang des Chors verschmilzt mit den Geräuschen, die in die aller geheimnisvollsten Ecken der Seele kriechen. Und ich gehe als eine Andere heraus. Ich genieße die beeindruckenden Seiten von Paris. Die Kirche Perta schaut auf mich mit Segen, der Eiffelturm kokettiert, ich schicke einen Luftkuss dem Wolkenkratzer Montparnasse, der sich einsam erhebt inmitten von hohen, alten Gebäuden, der Place du Tetre lockt mich mit seiner Breite. Ich erinnere mich an den Witz Serjozhas: „Ich fliege nach Paris." „Warst du dort schon mal?" „Ein Witz, ich fliege jeden Tag." C'est la vie!

Ja mein Leben ist ein Karussell . Immer im Kreis. Und sein Leben sind die Schaukeln. Sie brachten ihn zur größten Freude und führten ihn zur Enttäuschung.

Solch eine Phase konnte monatelang dauern. Manchmal reichten auch Sekunden aus. Doch jedes Mal war das ein extremer Zustand. Vielleicht zog dieses Extrem uns zu Serjozha. Extrem, Ekstase, Grenzzustände zwischen Himmel und Erde, auf der Klinge eines Rasieres. Ja, dieser Zustand, wenn irgendetwas geschieht: der Ausbruch, die Geburt, die Katharsis...

Ich versuchte die Schaukeln Serjozhas zu verstehen, rief ihn unendlich oft an, doch das Gespräch formte sich nicht und verwandelte sich in einen und denselben Dialog:

„Warum bist du nur so anstrengend, Serjozha!"

„Bin ich das etwa?"

„Warum erschaffst du selbst Schwierigkeiten?"

„Wie meinst du das?"

„Ich kann dich nicht verstehen!"

„Es ist alles sehr einfach: mir ist einfach langweilig, wenn es einfach ist...Es ist schade, das Leben einfach so zu vergeuden. Du weißt sicher nicht, wovon ich rede...Ich steige die Stufen schnell herab: nach unten – nach oben, einfach so. Von diesem Bewusstsein fließen die Tränen."

„Ach, Serjozha, Serjozha. Warum hast du nur die Schaukel gewählt?" Ich weiß, dass wir uns irgendwann treffen, doch nicht jetzt. Jetzt muss ich was essen. Ich gehe in den „Schwarzen Kater." Das passt zum Thema, dieser kreuzte seinen Weg. Doch warum spreche ich immer über Serjozha. Ich erreichte den „Schwarzen Kater" und es beginnt zu regnen. Ich sitze im Café, und auf den Fensterscheiben rollen die Tropfen. Ich sehe durch das Glas den weiß-rosa Montmartre, er wirkt noch weißer, leuchtender unter dem Regen, glänzt wie Weihnachtsbaumschmuck, keine Kirche, sondern ein Traum, eine Mädchenschwärmerei. Und hier ist Moulin Rouge. Der Echte. Wäre ich eine Pariserin, würde ich jetzt und hier tanzen und es würden sich ganz andere Geschichten entwickeln. Die Hand zieht sich zum Telefon. Ich wähle Bikas Nummer: „Wie geht es dir? Zünde eine Kerze an. Nimm das Licht des Montmartre an. Serjozha hat uns verziehen. Wir werden ihn lieben und uns an ihn erinnern." Bika schweigt. Nimmt an. Und ich habe eine weitere Erkenntnis: „Mein Leben, wie auch bei Serjozha, sind die Schaukeln. Nein kein Chaos. Sondern eine bipolare

Enttäuschung, wenn die Stimmung von Manie zur Depression springt und sich zu einer Psychose entwickelt. Meine Schaukeln des Seins fliegen hoch in den Momenten wenn ich fabuliere, wenn die Bücher veröffentlicht werden, wenn alles drumherum von Freude beleuchtet wird, glänzt mit Ereignissen, mit Öffnungen, und dann laufen sie nach unten, mit einer kopfkreisenden Schnelligkeit, und saugen ein in den Filter der Routine, die Krankheiten und den Verlust naher Menschen und eigenem Unwohlsein.

In den letzten Jahren fliegen meine Schaukeln immer seltener – sie werden zur Erde gezogen. Das lebhafte Pendel, das Schaukeln, ist zerbrochen in der Zeit als die Mutter krank war. Seine Amplitude wurde immer kleiner und es erstarrte schlussendlich auf einem toten Punkt, in dem Moment meiner eigenen Krankheit.

„Bika, warum schweigst du? Die Minute des Schweigens ist vorbei. Serjozha wird immer bei uns sein. Was soll ich dir aus Paris mitbringen?"

Bika weint, und auch ich kann meine Tränen nicht zurück halten. Die Seele wird gereinigt wie der Montmartre unter dem Regen. Ich gehe auf den Boulevard Saint-Jermens. Hier entstehen Aquarellbilder: Portraits, Sujets, Stillleben zur Erinnerung an Paris. Im Herzen fliegen Schmetterlinge, ich rede mit einem Künstler, schaue jedem über die Schulter, behalte die Erinnerung an die Ewigkeit. Dafür bin ich hier!!! Ewigkeit, Ewigkeit, Ewigkeit...

Und da ist er, in der blauen Baskenmütze und einem mausfarbenen Kostüm, mit dem Pinsel in der Hand...Welch ein lieblicher Schöpfer der Ewigkeit. Er hat, wie das Christkind, goldene Locken. Er zieht an mit seinem Blick, beobachtet mein Kostüm, nimmt mir eine Haarsträhne aus dem Gesicht und flüstert ins Ohr, dass er solche hübschen Frauen liebt, wie ich den Wein Burgunder. Und er ist bereit, mir ein Eis auszugeben.

„Male für mich den Montmartre und Schaukeln. Mal schwebe ich (klopfe auf meine Brust, damit es verständlich ist, dass in diesem Sujet ich die Protagonistin bin), mal Bika. Und wenn man Serjozha in das Zentrum setzt, hält er die Balance und gestattet uns zu fliegen und zu landen. Ich mache meinen Talisman in Form eines Herzchens auf. In der einen Hälfte ist ein Foto Serjozhas, in der anderen Hälfte ein Bild von Bika...

Ich male die Schaukeln, zeige mit dem Finger, wo die Helden sitzen sollen. Der goldlockige Künstler tauchte den Pinsel in die Aquarellfarbe...ein Pinselstrich...noch einer...noch einer... ein Kunstwerk. Wir sind wieder zusammen: Bika, ich und Serjozha. Wie ich euch vermisse, meine Teuren. Montmartre blickt auf mich mit den Augen von der Leinwand: wir sündigen und bereuen, bereuen und sündigen. Ich umarme dankbar den Künstler, gebe ihm zehn Euro und bitte:

„Schreibe doch bitte in der Ecke ein Wort: Ewigkeit."

Und dann flüstere ich zu mir selbst: „Die Wahrheit liegt darin, dass wir das anziehen, woran wir glauben und worüber wir nachdenken. Ich glaube an die Ewigkeit" C'est la vie. Auf wiedersehen Trauer. Paris ist die Stadt der Verliebten.

Ein Sommerkuss

Ich gehe häufig in die „Akka" um eine Tasse Kaffee zu trinken. Ich setze mich an den Tisch am Fenster und nehme meinen Laptop hervor. Ich ertappe mich bei einem Gedanken, entwirre das Knäuel, schreibe Geschichten, schreibe darüber, was weh tat.

Ich habe das Gefühl, dass sich in meinem Kopf eine ganze Reihe von Gespenstern aus der Vergangenheit angesiedelt haben, von welchen ich mich freundschaftlich verabschieden möchte. Ich bin froh, dass ich eine Methode gefunden habe, die mir hilft: man muss sich nur an einen meiner alten Bekannten erinnern, die Erinnerungen auf das Papier bringen, und diese, so scheint es, winken mit mit der Hand zu. Und so gibt es in meinem Kopf einen Ort mehr. Dieser ist frei für neue freundliche Eindrücke, glückliche Momente, dir nahe Menschen. Manchmal setzt sich ein Unbekannter zu dir und während des Gespräches stelle ich fest, dass er mit hilft, meine Geschichten, die nicht zu ende gelebt wurden, zu entwirren. Und auch heute hielt sich der Bote des Himmels nicht auf: „Lass uns gemeinsam Tee trinken. Ich biete dir welchen an."

Und ohne die Antwort abzuwarten, setzt sich der Unbekannte zu mir, und auf den Tisch, wie von einer Wolke, stellt sich eine durchsichtige Teekanne, mit dem Aroma des „Sommerkusses", mit dem Geschmack von Himbeeren, Papaya, Mangostückchen, Erdbeeren,

und Distelblättern.

„Möchten sie Ihr Glück teilen?"

„Sehr gerne. Das ist meine Lieblingsbeschäftigung.Wir wurden für das Glück geboren und das Leben wird an glücklichen Augenblicken gemessen. Und ich kenne ein Rezept: Wenn Sie glücklich sein möchten, trinkt Tee mit denjenigen, die Ihnen sympathisch sind. Was ist für Sie Glück?"

„Für mich bedeutet Glück – Frieden und Gemütsruhe. Das alles scheint nicht real zu sein: so viele zerbrochene Schicksale um uns herum. So viel Schmerz...Und das Leben ist so kurz. Wie viel Lüge und Verrat...

„Wissen Sie, das Glück ist hier und jetzt. Das sind die Augenblicke, die wir genießen. Ich freue mich, Ihre Augen zu sehen, Ihnen zuzuhören, Ihren Atem zu hören und Ihre Stimme. Haben sie ein Bild eines idealen Mannes?"

„Klar."

Das Bild des Onkels Seriks schien in mir zu leben, es wurde nicht einfach aufgezeichnet, sondern vielmehr realisiert. Ich verschluckte meine Zunge und blickte auf ein Pärchen, das das Café betrat. Die junge Frau war von unbeschreiblicher Schönheit, wie aus einer Zeitschrift. Sie betrat das Café gemeinsam mit einem grauhaarigen, eleganten Mannes ein.

Nun spürte ich etwas vertrautes und nahes. Wie kann so etwas sein? Onkel Serik. Es scheint, dass er mein Ideal eines Mannes ist. Männlicher Charme, Charisma, weicher Blick, vielversprechendes Lächeln. Alles beim Alten.

Nur die Frau ist eine andere. In unserem Haus tauchte er zum ersten Mal auf mit der hübschen Tante Alla. Ihr Aroma drang in die Wände unseres Hauses, wir verliebten uns in ihn. Ich bade immer noch darin und spüre, dass die Koketterie Allas dadurch an mich weiter gegeben wird. Ja, ich bin einer Frau für die Liebe.

Nur wo ist die Liebe? Nur Illusionen. Ich denke, dass Liebe etwas flatterhaftes ist, ephemeres, das was man nicht auffangen kann. Hier ist die Liebe, und dann ist sie wieder fort. Sie kommt wie ein Hurrikan und versteckt sich: versuche nur sie zu finden. Doch im Gedächtnis ist sie lebendiger als alle. Ich begebe mich zu Onkel Serik und seiner geheimnisvollen Begleitung. Wir umarmen uns und freuen uns. Er fragt nach Mama und wie es ihr geht. Wie lange her ist es, dass wir uns gesehen haben. Wir hätten verwandt sein können. Doch Onkel Serik verliebte sich in die Bedienung Alla, und seinen Sohn wollte er in unsere Familie abgeben. Business kennt keine ethischen Grenzen: Ich war eine passende Kandidatin für die Söhne vieler Geschäftsmänner. Wie sagt man so schön: Die Katzen zu Katzen, die Hunde zu Hunden. Deswegen trennten sich wahrscheinlich die Wege Seriks und Allas: sie waren von verschiedenen Geschlechtern. Doch er war auch verheiratet. Nur seinem Hobby, der Liebe zum schönen Geschlecht, ist er immer noch treu. Verwunderlich, wenn man seine geizige Art betrachtet. Wie soll Geiz und Freigiebigkeit miteinander d'accord gehen. Ich blicke Serek an und denke mir: „Ist er wirklich mein Ideal eines Mannes? Oder ist es eine Illusion, eine Person für die Erfahrung".

Versuche da mal durchzublicken. Ich versuche es.

Onkel Serek ist der Bekannte meiner Mutter im Business. Viele tauchten in das Business ein, in die risikofreudigen Neunziger. Polen, weitere europäische Länder. Der Handel floss, die Einkünfte ebenfalls. In den Kartenspielen hat er auch einen Fortfilo: Die Hand des Betrügers brachte fabelhaftes Geld. Das Rad der Fortuna drehte sich märchenhaft schön. Er wurde der Leiter einer Fabrik und beherrschte gekonnt den Geldstrom. Er selbst verbot sich selbst nichts, es war alles da für die Familie.

Er hat auch für Allochka ein Business eröffnet, die Tochter verhätschelte er. Es sieht so aus, als ob alle in dieser Geschichte wirklich glücklich sind. Vielleicht machen sie nur den Eindruck, dass alles gut ist. Die Ehefrau...Wohin soll sie verschwinden aus dem U-Boot. Wie viele Jahre schwimmt ihr familiäres Schiff auf dem Ozean des Meeres: so macht sie die Augen zu vor den Affären Seriks, bewahrt den Frieden in der Familie, den Status der verheirateten Frau, den Vater für die Kinder, Atasha für sie Enkel. Weise, Alla...In meiner Kindheit war sie für mich das Ideal der Schönheit: Lächelnd, freundlich, strahlend, stilvoll. Sie hatte wirklich märchenhaftes Glück: Der Schutzengel küsste sie auf die Stirn und bewahrt sie immer noch von irgendwelcher Last. Das ist wie im Märchen über Aschenputtel: aus einer einfachen Bedienung wurde sie eine Businesslady, gebar die Tochter von einem Ehemann, dessen genetisches Potenzial man bewahren soll in der internationalen genetischen Bank. Und Alla hat ein blühendes Business, viele Möglichkeiten, die Tochter ist brav und eine Schönheit. Niemand geht ihr in der Ehe fremd. Sie entscheidet selbst, wie sie leben soll und nicht abhängig zu sein von den Launen des Ehemannes, der dem Aroma der Jugend und der Schönheit nachrennt.

Mein Gesprächspartner gibt mir den „Sommerkuss" und lässt mich wieder zu mir kommen:

„Junge Frau, kann ich Ihnen einen Antrag machen?"

„Wie? Ohne meinen Namen zu kennen?"

„Wozu soll man alles kennen. Ich lade sie auf die Reise des Landes des Glückes ein. Wir werden glückliche Augenblicke durchleben, die Welt der Liebe kennenlernen, die Freude, im Lebensfluss schwimmen unter roten Segeln und uns gegenseitig genießen."

Und wirklich, wozu all die Aushängeschilder, Etiketten, Normen, Gesetze, Traditionen, Gewohnheiten, Rahmen, gutschlecht, jung, und kam oder ging die Zeit? Wir trinken den aromatischen Tee zu ende. Ich schicke einen Luftkuss in das Land des Onkel Seriks, dann füge ich hinzu: „Au revoir."

Und wir werden auf den Flügeln des Glückes aus der Akkus-

36

hechka herausgetragen. Zwei Flügel hinter dem Rücken. Ich habe das Gefühl, erwachsen geworden zu sein. Mein neuer, glücklicher Freund sagt zu mir, sich verabschiedend: „Ich warte auf dich zur gewohnten Zeit im „Akka". Und er schickt mir einen Sommerkuss, voll mit Glauben, Hoffnung, Liebe, Angst, Einheit. Und ich tauche schon ins Morgen ein, trage roten Lippenstift auf und eile zum Treffen. Wie kann so etwas sein? Vielleicht, weil es keine Zeit gibt. Die Uhr wurde von einfachen Menschen erfunden. Und die Liebe hat andere Maße. Und das sind glückliche Momente.

Granatapfelsaft

Ich wollte immer in eine fremde Seele blicken, in den Gedanken graben. Nicht für bestimmte Ziele, sondern um zu erfahren, ob es die Liebenden des Herzens gibt, Glückliche, Sorglose. Ich gehe durchs Leben und blicke genau in die Gesichter, in Angst, den Einzigen zu finden, der schicksalhaft zu mir gehört.
Ich suche die Liebe, eine gegenseitige Liebe, und ich stoße auf Gleichgültigkeit. Ich habe das Gefühl, dass die Verwandten vergessen haben, mir ihren Segen zu geben und ich für die Einsamkeit bestimmt bin und eine nicht erwiderte Liebe. Und was noch schlimmer ist: als ob es ein Szenarium meiner persönlichen Geschichte ist, dass meine Auserwählten mir fremd gehen mit meinen Freundinnen. An einem dieser Tage fand ich mich auf der Liege des Krankenhauses wieder. Ich habe seit meiner Kindheit Angst vor Blut, habe ich mich mit Tabletten vergiftet, mir war es egal, was mit mir geschieht. Doch ohne dies hat das Leben keinen Sinn. Die Pfleger tragen mich durch den Korridor. Ich glaube mir selbst nicht: „Wenn sie mich fahren, dann heißt es dass ich lebe..."
„Warum tun Sie sich so etwas an, junge Dame? Haben Sie keine Lust mehr zu leben?"
Hier auch das Krankenhauszimmer. Nicht königlich. Doch

mir ist es egal, dass das Bett aus Eisen besteht, dass es nichts gibt außer einen Nachtschrank und einen Stuhl für die Besucher...Doch die Frage des Pflegers nagt an mit. Vielleicht werd eich doch mit Glück und Liebe leben. Eine energetische Welle durchlief meinen Körper und setzte sich ab wie ein Hoffnungsunke auf dem Herzen.

Ich habe strenge Bettruhe. Ich liege so da, in der Seele ist Leere, im Kopf pulsiert der Gedanke an das Leben: „Wie nur? Ich bin dich erst..."

Ich schaue aus dem Fenster...Wie lange habe ich den Himmel nicht gesehen. Immer schnell schnell, nur auf die Erde blickend, und um mich herum genau solche wie ich. Der Sonnenstrahl glänzte golden. Die Hand griff den Spiegel. Wie lange habe ich die Sonnenhasen nicht herein gelassen? Seitdem ich als Kind neben der Fensterbank saß, Steinchen und Murmeln sortierend und auf die Mutter wartend. Ich schickte ihr einen Sonnenhasen, damit er ihr meinen Gruß schickt und sie wissen lässt, wie einsam ich bin, wie schrecklich die Einsamkeit ist, wie sehr ich mich in Mutters Anwesenheit mich wärmen möchte. Schon wieder schicke ich ihr einen Sonnenhasen und auch an Großmutter Vera: warum hast du uns so früh verlassen? Ein solcher Nachgeschmack eines Vanillebrötchens, frisch aus dem Ofen: „Probiere, probiere, Kindchen, du hast selbst dieses Herzchen geformt..."

Und ich liebte es, die Sonnenhasen zu schicken, dass ich den Piepser ganz vergessen hatte und ich schickte allen meinen Bekannten einen Sonnenhasen, um sie zu informieren über mein Obdach. Als Erwachsene verstand ich, dass ich in einer keinen guten Verfassung bin. Doch ich wollte verstehen, was mich am Leben hält? Gibt es hier jemanden, der mich braucht? Wenn, dann zeige dich mir. Als erster zeigte sich Maksat. Ein sympathischer Polizist, der in der Sache kam: um den Grund des gescheiterten Suizids zu erfahren.

Woran dachte ich mit zwölf Jahren? Mit gar nichts. Damals schien mir, als sei das Leben stehen geblieben...Und mit der Ankunft Maskats wurde es wieder belebt. Ich fand es unglaublich lustig in seiner Gegenwart. Wir vergnügten uns wie Kinder, voller Humor. Maksat fütterte mich zärtlich mit Granatäpfeln, legte in meinen Mund einen Kern nach dem anderen, ich biss auf diese und spritze wie eine Fontäne in Richtung Maksats, Blut vortäuschend. Maksat umarmte mich und verschrieb mir Arrest.

In einem solcher Arreste verschmolzen wir in einem unschuldigen Kuss. „Ich bin unschuldig, er kam selbst zu mir", wir lachten uns kaputt. Und eines Tages wollten wir wegrennen. Doch auf dem Weg wurden wir bewacht: die Krankenschwester hielt uns an. Maksat war auch hier nicht verwirrt und sagte ernsthaft zur Schwester:

Ein Witz. Die Flucht ist ein Teil der Rehabilitierung des Patienten. Er wandte sich zu mir und nahm die Rolle an:

„Stelle dir vor, dass das, wovor du Angst hast, ist geschehen. Nun bist du alleine auf der Welt. Was spürst du? Du bist alleine! Und nun? Nun fühle, dass du LEBST. Die Seele ist noch im Körper. Fast zu ende. Doch es gibt die Möglichkeit, heraus zu kommen. Was wirst du dann machen? Was kannst du noch machen, wenn du verstehst, dass du noch LEBST und dass du nicht im Vakuum lebst? Du kannst die Arbeit wechseln. Du kannst dein eigenes Business eröffnen. Du kannst reisen. Du kannst dich mit bekannten Gesetzen umhüllen."

„Verstehst du, ich bin lebendiger als alle anderen. Verstehst du, dass es auf der Welt noch viel mehr Männer sind. Und von diesen Millionen brauche ich nur einen. Was wird mit dir geschehen? Übrigens entscheidet ein Schuss nicht das Problem. Und hier wird unser Spiel unterbrochen, wir kehren in das Hier und Jetzt zurück und ich frage ganz seriös:

„Hast du Angst? Hier stelle dir die Frage: Wozu die Angst, was tun, um sich nicht der Situation zu unterwerfen, aus der es keinen Ausgang gibt. Ich wäre doch fast verreckt, doch lebte wieder auf. Um einen von Millionen zu finden. Maksat gefällt es wenn ich diese Rolle annehme. Er verwandelt sich dann in Othello. Und halte dich hier fest. (Meine Phrase über „Den einen von Millionen" traf seine Selbstliebe).

„Was kann ich jetzt schon machen, um der Situation zu entfliehen, die bei mir den Schrecken verursachen? Denn ich bin praktisch schon verreckt...Nein, wiedergeboren. Nun ist es an dir dich selbst zu fragen: Wovor haben wir Angst, wenn alles in unseren Händen liegt. Wenn ich will, liebe ich dich, wenn ich will, liebe ich einen anderen. Wir sind nicht zusammen gekommen – sind auseinander gegangen, vor uns sind Millionen. Man kann den Punkt direkt treffen, wenn du auf deine Herz hörst, und nicht auf die Instinkte. Und was hat in mir angefangen zu sprechen in diesem Moment, das weiß ich nicht. Ich wollte einfach sofort die Liebe. Ich näherte mich Maksat, so sehr ich konnte, zog seinen Kopf an mich und küsste ihn... Ohne Gefühle.

Wir klebten aneinander. Wir waren unartig, spielten Verhältnisse, doch Maksat war nicht der Einzige.

Doch wer? Freund, Gesprächspartner, Konsultator in den Beziehungen mit dem gegenteiligen Geschlecht. Mir schmeichelten seine schönen Versuche, um mich zu werben, die auch nach der Entlassung aus dem Krankenhaus weiter gingen. Doch auch die langen Abende mit Telefongesprächen rückten uns nicht näher aneinander. Er war ulkig, witzig, freundlich. Doch als Mann zog er mich nicht an. Wir wurden gleichzeitig erwachsen und wurden zu denen, die wir sind. Alle Ereignisse wurden erzählt, die Geheimnisse offenbart.

Doch mein Herz schwieg. Vielleicht hat es die Lektion der Mutter beherzigt: eine unglückliche Ehe und ein unerwünschtes Kind. Weder Maksat noch ich, hatten Glück mit unseren Romanzen. Das vereinte uns wiederum: wir suchten beide eine Antwort auf die Frage „wofür?" Und im Winter machte er mir einen Antrag: er lud mich zu sich ein, machte mich mit seiner Mutter, seinem Schwesterchen bekannt. Ich war nicht bereit. Plagte mich lange mit Zweifeln, ob ich ihn glücklich machen kann und ob ich das Recht habe, zu heiraten, ohne ihn zu lieben. Doch die letzten Ereignisse stellten alle Punkte über dem „i".

Maksat trank viel und machte Szenen zuhause. Zu einer solcher Aufführungen lud mich seine Schwester ein. Das ist sicher nicht mein Held. Ich ging, für immer...

Wir entfernten uns voneinander und lebten jeder auf seine Weise, doch zu Festtagen tauschten wir herzliche Grüße aus, uns Glück wünschend, Liebe und einen guten Begleiter. Wir riefen uns nicht oft an, und deswegen war jeder Anruf lang erwartet, angenehm, vertraut.

Die Zeit fliegt wie ein Blitz. Wir wussten, dass früher oder später, unsere Glückwünsche in Erfüllung gehen. Doch als nach drei Jahren, nach unserem Verhältnis, klang wie ein Donner im klaren Himmel, die Einladung zur Hochzeit. Mir wurde die Erde unter den Füßen weggerissen und tränen kullerten auf dem Gesicht, ich fand keinen Ort für mich:

Ich dachte bis zuletzt dass dies ein Streich Maksats sei.

Warum tat es so weh? Warum vertrieb es den Atem aus der Seele? Ist es Eifersucht oder etwas anderes? Wie sehr klebte ich an Maksat. Ja, er wurde nicht zu meinem Ehemann, trat aus der Rolle des Verehrers, doch er ist mein vertrauter Mensch, der in meinen Zellen lebte. Die Fragmente des Hochzeitstrinkerei verschwanden aus dem Gedächtnis (wir tranken so, als ob wir uns von der Welt verabschiedeten, als ob wir in einen Traum eintauchen wollten, und wir wachen zusammen auf: wir können nicht ohne einander leben). Und danach pendelte sich der Alltag ein. Und ich liebte Granatäpfel umso mehr: ich nehme ein paar Kerne in den Mund, beiße auf diese und genieße es, wie kleine Fontänen explodieren. Ich halte die Zunge hinter den Lippen und genieße den Nachgeschmack...Und wie süß zu verstehen, dass es unwichtig ist, wen du liebst: Granatäpfel oder Maksat, die Katze Belka oder den Hund Sharik. Denn Liebe ist der Zustand deines Herzens, in dem Moment, wenn du dich in Harmonie mit dir selbst befindest, und nach den Gesetzen des Universums lebst.

Und es ist unwichtig, auf wen die Liebe gerichtet ist, denn wenn wir mit Liebe erfüllt sind, mit der Liebe unseres himmlischen Vaters, beginnen wir das zu schaffen, wofür wie in diese

Welt gekommen sind: abzugeben, zu teilen. Und in dem Moment wenn das Gefäß des Herzens sich füllt, öffnet sich unser Herz bis zu der Größe des Universums und wir sind bereit, die ganze Welt zu umarmen. Neben uns tauchen diejenigen auf, die uns besonders brauchen. Wir werden für sie zu einer reinen Liebe, die die Sterne zum Leuchten bringt. Meistens findet so etwas auf der körperlichen Ebene statt, manchmal auf der Ebene der Seele, manchmal auf der Ebene des Verstandes. Glück ist, wenn der Funke alle Ebenen erreicht. Solch eine Monade, solch eine Alchimie...in diesem Moment leuchten die Sterne und wir fliegen in den Kosmos.

Möchtest du, dass ich dir eine andere Geschichte über Maksat erzähle? Der Treffpunkt war St. Petersburg. Die weißen Nächte. Rote Segeln. Die Protagonisten – ich, er und andere. Das Sujet ist praktisch das selbe: wenn du dich auf dem Planeten Erde wider findest, finde den, der mit dir verbunden ist, der im gleichen Theaterstück spielt, der an dich denkt und dir für das Treffen dankt. Wir haben uns gefunden. Und ich wünsche Maksat, wie früher, alles Glück der Welt.

Ich bin mein eigener Regisseur

Und in wessen Kopf kam es, die künstlerische Schlucht einen breiten Riss zu nennen? Das ist irgend einen obszöne Bezeichnung. Diese schöpferischen Menschen sehen in allem das Intime. Und das ist so cool: je intimer, desto fesselnder das Sujet. Wir gehen den kurvigen Pfad entlang, auf dem Weg zu unserem Datscha-Häuschen, welches wir geerbt haben von einer weiten Verwandten unerwartet-ungeahnt. Doch warum eigentlich unerwartet? Ljoka und ich träumten von einer eigenen Werkstatt, wo wir uns mit Alchimie beschäftigen. Und hier wurde es materialisiert. Und es ist unwichtig, auf welchem Wege wir es bekamen. Doch es gibt sie. Hier werkeln wir, schöpfen, malen...Und schreiben das Buch unseres Lebens. Richtiger ist, dass Ljoka schreibt, und ich bin die

Protagonistin, eine Märchenerzählerin. Und ich erzähle alles wie von der Seele, die Wahrheit des Lebens. Doch manchmal packt es mich. Und ich beginne die Ereignisse mit einem Blick nach vorne entstehen zu lassen. Denn alles was mit uns geschieht, haben wir selbst erschaffen. Und wir wissen nie, wenn wir Glück haben. Und Glück haben wir plötzlich, nicht dann wenn wir es planen.

„Mamachen, erzähle mir die Geschichte über den Regisseur," bittet Ljoka.

Ich werde in die Küche zu Tante Olja gebracht, der Freundin meiner Mutter, von wo die Lovestories meiner studentischen Jahre beginnen. Hier die neckischen Hände Maliks, die sich zu meiner Kommilitonin ziehen und die dünnen Finger Vanjas zu mir...Wie flott haben sie uns umarmt und gleichzeitig an der Nase herumgeführt, dann verschwanden sie...Zu jenen, die sie an sich binden konnten, in denen sie den Lebenssinn sahen. Und was ist mit mir? Liebte ich? Baggerte ich an? Flirtete ich? Was machte ich in diesen Geschichten?

„Mamachen, liebtest du Ivan so sehr, wie das Schwesterchen Aljonuschka?"

„Ljoka, im wirklichen Leben wird das Märchen schnell erzählt, doch ist in dem Märchen nicht alles gut. Und ich nehme aus der Tiefe meiner Seele meinen nicht erzählten Schmerz darüber, dass die Mutter mir nicht erlaubte in die Liebe mit dem Kopf einzutauchen, wie band sie meine Zöpfe um ihre Faust, wie streng sie war in der Öffentlichkeit.

Und deswegen wollte ich umso mehr die Frucht der Liebe schmecken, und ich ließ mich darauf ein: in mir lebte ein Teufelchen. Und soll ich es später bereuen, vielleicht wird es mir leid tun, doch jetzt: und die Seele flog ins Paradies. Bereue ich? Kein bisschen. Das ist mein schmackhaftes, saftiges Leben. Da läuft einem das Wasser im Mund zusammen...

„Stell dir vor, Ljoka, manchmal beginnt die Romanze in der Küche. Und wenn die Geschichte in Deutschland statt gefunden hätte, wäre alles nach dem Algorithmus der „drei K" gegangen: Kinder, Küche, Kirche, deswegen sind alle europäischen

Liebesgeschichten gleich, nur die Namen ändern sich. Und bei uns? Jede Frau hat ihre eigene Geschichte: der Weg zum Glück geht über Hürden, Treffen, Streits...Und man kann diese Szenen nicht wiederholen: jeder wird auf seine Art verrückt. Und zum Ziel kommen die aller Frechsten, die aller Mutigsten, die, welche an ihren Stern glauben und keine Angst haben vor den Ratschlägen der Mütter.

In meiner Zeit als Studentin, himmelten mich die Verehrer, wie Honig an. Dazu gehörte auch der Besuch zu den Freunden meiner Mutter. Hier traf ich den charismatischen Malik, einen Producer einer kasachisch-russischen Gruppe, der mich mit Ivan bekannt machte: Eine romantische Geschichte, die hätte ein Happy End haben können. Doch bald wird das Märchen zu Ende erzählt, doch die Sache erledigt sich nicht bald von selbst. Amor flog um unsere Clique und schoss die Pfeile ab, die meine Mutter schmerzhaft trafen und sie dazu zwangen, die Stirn zu runzeln. Malik lief einem Fotomodell hinterher, mit der wir dieselben Seminare besuchten. Doch während desser chillten wir mit ihm in der Küche, diese Küche gehörte Onkel Valihan und Tante Olja, sie wurde zu dem Beginn einer wunderschönen, lyrischen Geschichte. Es schien, dass sich in dieser Küche viele Romanzen entwickelt haben. Ja, in diesem Haus hatte man die eignen Skelette, doch lassen wir diese im Schrank und genießen die Atmosphäre der Freude, der Fülle. Wie gern wollte ich in genau so einer Atmosphäre leben, die den Geist Puschkins ausstrahlte. Und wir zitierten den Poeten: „Ich schreibe Euch, nun was mehr", „ich dachte, das Herz habe es vergessen – die Fähigkeit einfach zu leiden, ich sprach: das was war, soll nicht mehr sein, nicht mehr sein!"

Die Freunde meiner Mutter riefen bei mir Rührung hervor, schienen ein ideales Paar zu sein, sorgenvolle Eltern. Ich wäre gerne in dieser Küche geblieben, wäre gerne vor Kritik weggelaufen und der belehrenden Mutter: „Wer braucht schon Ratschläge von Müttern, die selbst nicht wissen, wie man leben soll, wie man das Glück erreicht. Und wegen Beleidigtsein und Wut auf sich selbst, gießen sie all ihre Unbeständigkeit auf ihre

Söhne und Töchter. Wir werden es anders machen, wir finden den Weg zum Glück. Und bis jetzt möchte ich, dass diese fröhlichen Tanten Oljas mich aufnehmen, ich wollte an den Rand der Welt rennen, weiter weg von Mamas Hengst und der Knute. Nur kannte niemand den Weg dorthin. Und deswegen kehren wir erst einmal in das gemütliche Haus der Tante zurück. An jenem Abend wurden wir von der Freundin Maliks, dem Fotomodell Ira, nach Hause gefahren und wir freundeten uns an. Und als ich die neuen Freunde zu mir einlud, bat ich einen Freund mitzubringen für meine Kommilitonin, die Abenteuer suchte. Die Jungs kamen mit Vanechka. Hübsch, stattlich, gut erzogen und ungewöhnlich charmant. Das war ein durchbrochener, einfacher Abend. Die Frauen plapperten, die Burschen kümmerten sich nach unserem Szenarium: ich will das, ich will dies...und deswegen flogen im Bauch die Schmetterlinge. Doch es ging nicht alles nach dem Szenarium. Es reichte, uns gegenseitig anzublicken und unsere Herzen trafen sich. Vanja verabschiedete sich und reichte mir eine Visitenkarte. So begann die Freundschaft mit einem vielversprechenden Regisseur. Die Abende voller Aspiration, Anrufe mit dem Morgengruß und dem Wünschen süßer Träume. Und diese Freundschaft wäre ewig so weiter gegangen, wenn sich nicht meine Phantasie eingemischt hätte, genauer meine Spekulationen. Habe ich einen festen Verstand. Er dreht und dreht auf. Alles geschah, weder spät noch früh. Sondern genau am Tag meines Geburtstags. Ich lud ihn zu mir ein aus Anlass meines Jubiläums, doch er war gerade bei den Aufnahmen und kam nicht. Nach ein paar Tagen traf ich ihn im Park in der Gesellschaft einer lokalen Sängerin namens Dil'naz, so dachte ich, dass unser süßer Amor weg geflogen ist. Erst nach Jahren erfuhr ich, dass er ein Video für den Stern drehte. Die Musikgruppe „Zwei Sterne" war erfolgreich in Almaty. Wir haben sogar die Frauen kennen gelernt. Doch mit Vanja trennten wir uns endgültig. Und wieder, weil jemand das voraus gesagt hat und ein anderer zu Ende gesprochen hat. Das war Malik, der Vanja riet, keine Romanze mit mir einzugehen: besser sollst du es lassen, mit der Tochter von gemeinsamen Bekannten soll man besser keinen Ringeltanz tanzen und die Frauen nicht verderben.

Vanja nahm den Rat des Freundes an und distanzierte sich. Doch wer bittet uns, Ratschläge zu geben: Nur Mist von solchen Ratgebenden. Und warum klettern sie einem in die Seele. Alles wissen alles. Sind alle so schlau: die Mutter beschließt, wie ich leben soll, mit wem ich mich anfreunden soll; Malik ist wie eine persönliche Wache, bat mich nicht um Erlaubnis, als er seine Nase in mein privates Leben steckte. Vielleicht hätte das mit mir und Vanja funktioniert? Und hier ist das Resultat der Liebschaft: der Liebhaber ist nicht mehr da, er ist in anderen Händen. Er hat geheiratet, nun ist er ein Moskauer, hat viele Kinder, ist ein guter Vater, eine Medienpersönlichkeit. Der Film „Alles über die Liebe" erinnert mich an ihn, nicht nur, weil er ein Regisseur ist...Vanja ist meine warme Erinnerung an den studentischen, romantischen Frühling mit Spaziergängen unter dem Mond, geistigen Gesprächen, herzlichen Schauern... Das ist nicht lange her...

Und schon wieder versinke ich in Erinnerungen. Vanja und ich gehen durch das studentische Städtchen. Nacht. Oben leuchten die Sterne. Wir setzen uns auf eine Bank. Ich lehne meinen Kopf an seine Schulter und er spricht zu mir im Halbflüsterton: „Die Geburt eines Kindes ähnelt einer großen Explosion, die ein neues Universum erschafft. Wir sind die Herren der Geschichte, die wir selbst erschaffen haben. Die Ereignisse werden nach dem Szenarium statt finden, das wir gemeinsam schreiben, du und ich. Wir werden eine eigene Zeit haben. Die Landschaft der zukünftigen Realität hängt von unseren Zielen ab. Und wir haben Millionen davon.

Und wir denken uns jeder Fakten und Ereignisse aus unserem zukünftigen Lebens aus. Und dann kam der Winter.

„Möchtest du wissen, wie die Bienen summen?"

„Im Winter?"

„Möchtest du Aprikosen sehen?"

„Du bist ja lustig..."

„Warst du da, wo die helle Weite ist?"

„Ja...sie ist dort, wo man auf dich wartet..."

Um ehrlich zu sein, warte ich auf ein Treffen mit Ivan. Ich wäre froh, mich mit ihm an diese süßen Tage und Nächte zu erinnern. Und wie sehr ich es liebe, diese Musik der Seele zu hören, in der wir selbst die Artisten und Regisseure sind: Vanja und ich. Die Saiten der Seele reißen, doch die Einheit der Gedanken klingt mit dem Refrain des Crescendo.

Und der innere Zensor spricht leise: ein wunderbares Talent; das Gefühl des Aromas von Rosen mit dem Geruch von Wermut...Ich bin dankbar dafür, dass ich Vanja habe. Und es ist unwichtig, wie lange es her ist. Denn ich lebe im Jetzt. Ich BIN, das heißt, dass auch meine Teile da SIND. Wir können keine Rolle spielen, wenn wir nicht da sind. „Ich bin da, ich bin da, ich bin da", versuche ich das Gefühl wach zu rufen. Ich versuche dieses wunderbare zu finden, was in mir ist. Denn die Natur hat keine Zeit, das zu erschaffen, was das Universum nicht benötigt. Was ist so wertvoll in mir, das was in meinem Inneren ist? Wer bin ich? Wie bin ich? - frage ich mich selbst.

Und ich entdecke, dass in mir eine schöpferische Dame lebt, ein lustiges, neckisches Kind. Und die Mängel? Oh, ja natürlich! Ich bin ein Monster. Doch ich nehme auch diese Bild an. Doch welche Rolle spiele ich als erstes? Ich beginne wieder zu spielen. Beobachte in Gedanken mein ganzes Leben. Wie sehr habe ich mich geschätzt. Ich kehre zu allen Szenen meines Lebens.

„Mütterchen, wer hat dir dieses schlechte Verhältnis zu dir selbst beigebracht?

„Das ist eine Impfung aus der Kindheit..."

Und ich erinnere mich, wie meine Mutter sich von mir distanzierte, wie sie mich allein ließ in meiner Einsamkeit. Und ich bin ihr heute dankbar für die Möglichkeit, alleine zu sein, meine Augenblicke selbst zu durchleben. Denn das ist wahre Liebe – ein Leben zu schenken und diesem Leben erlauben, selbstständig zu leben, sich an niemanden zu heften.

Und als ich eine Tochter zur Welt bringen wollte, freute sich meine Mutter, dass wir ein Engelchen bekommen. Wahrscheinlich war sie selbst müde von der Einsamkeit.

Ich rief: „Komm zu mir meine rote Blume. Du wirst blühen, und ich werde dir keine Sorgen bereiten, werde dich nicht quälen mit Ratschlägen, Noten, Kritik, Sorgen. Unsere Lebensszenarien werden parallel zueinander ablaufen, auf unterschiedlichen Bildschirmen. Und wir werden unsere eigenen Beobachter haben, und eigene Fans und Wertschätzer…Wir werden eine eigene Allee der Sterne haben. Wir werden so spielen, wie wir sind, ohne Angst oder Bedrückung. Die ganze Aufmerksamkeit geht in das eigene Innere. Nichts kann uns von der Hauptrolle ablenken. Volle Konzentration! Und abends werde ich der erste Zuschauer sein, deiner Aufnahmen. Und ich werde nur Anerkennung äußern:

„Wie wundervoll deine Rolle ist. Du bist meine eigene Fortsetzung. Du bist mein Glück, das ewig dauern wird. Und dann erinnere ich mich an das Szenarium von uns drei. In mir erklingt ein Monolog, der sich zu einem Dialog mit Ihm entwickelt:

„Mir fehle ich selbst katastrophal, außerdem fehlst mir du und unsere Tochter. Bis bald. Und nicht im nächsten Leben . Sondern in diesem.

Ich fahre Tram. Er betritt die Tram bei der Haltestelle „Moskau". Sein Ticket hat er sich auf den Schoß gelegt.

„Ich liebe Arbenina."

„Wollen wir gehen?"

„Gerne! Am Morgen dachte ich an die Wanderung zum Konzert mit meiner Freundin. Und hier ein Geschenk des Schöpfers.

Nun treffen wir uns jeden Morgen bei Instagram. Unser Leben ist nicht mehr virtuell, sondern sehr real. Die Tochter wächst, was braucht man noch? Das ist die größte Belohnung des Lebens. Und man soll sich nicht liken, sondern einfach sein Herz öffnen und das Klopfen zu hören… Das ist er. Wunder? Ja. Die Liebe schafft Wunder. Das ist das Wunder des Neujahrs. Und übrigens, der Liebste heißt Nikolas. Er ist der wichtigste Zauberer meiner Realität. Und ich danke ihm jeden Morgen:

„Danke, danke für die Tochter. Wunder, Nikolas, Wunder. Und irgendwann sagte ich: „ich habe einen supercoolen Mann, ein cooles Haus, ein cooles Leben," Und nun. Ich habe alles.

„Das ist einfach das Leben. Wunder benötigen die, die keinen Glauben haben. Dein Glaube ist immer mit dir. Du bist der Regisseur, und ich bin der Regisseur. Wir schreiben gemeinsam ein neues Theaterstück. Und willst du, dass ich dir erzähle, wie es weiter geht?"

„Beiße dich auf die Zunge."

„Hast du Angst?"

„Ich habe Angst das zu verlieren, was ich besitze."

„Man kann nicht verlieren, was man nicht hat."

Ich halte den Atem an und warte. Versuche in mich zu blicken, um eine nicht gespielte Rolle zu sehen. Denn ich bin etwas Großes, was ich bereits gespielt habe. Die Worte stören dabei, die Hauptrolle zu ertasten, die eigene Einzigartigkeit.

„Lass uns schweigen. Das Glück liebt die Stille. Psst.

Solche Geschichten, Ljöka. Und ich will, dass du verstehst: wie viele Rollen ich auch spielen soll, ich möchte mit dir sein, und mit niemand anderem, außer mir selbst. Ich würde mit keinem mein Schicksal tauschen. Und du bist mein wichtigstes Glück und meine Belohnung. Sei einfach du selbst. Nikolas. Du – mein Neujahrsglück.

Mein Sternchen

Alle haben Löcher in der Seele, die du, egal wie oft du diese stopfst, von Zeit zu Zeit auseinanderklaffen. Sie schmerzen, rinnen. Und du versuchst sie zu überdecken, zu essen, zu trinken, neue Treffen zu suchen, mit dem, der ihr Verursacher war. Doch der ganze Sinn besteht darin, dass man einfach verzeihen muss und loslassen. Ich bin jetzt so schlau, nach den vielen Treffen mit dem Psychologen, sakralen Psychotherapeuten, der Verarbeitung meiner Gefühle, als endlich die Planeten mein Lebensszenarium aufgeschlagen haben und mir bessere Varianten gaben: wähle aus und genieße das Leben.

Als ich Arsen das erste Mal traf, wurde ich real überrumpelt. Er war auf dem Weg der Scheidung. Und mir schien, dass das Schicksal sich um mich kümmerte: es macht für mich den Stern frei. Die Treffen fanden virtuell stand. Und sie schienen mir schmackhaft, hinter den Kulissen zu sein. Ich beruhigte mich selbst: solange er sich nicht scheiden lässt, soll er sich besser nicht materialisieren. Das ganze Leben ist vor mir: wir schaffen es, die Liebe zu genießen. Und bis jetzt genoss ich die Gefühle, ohne unter Leute zu gehen.

„Warum verlassen die Menschen im Winter das Haus, gehen Schlitten fahren und Snowboard? Können sie sich nicht hinlegen und einfach liegen, einfach denken und träumen? Denn das allerbeste geschieht zu Beginn in deinem Herzen, in deinem Kopf. Und dann materialisiert es sich in der Matrix des Universums.

Und ich blieb tagelang zuhause und webte ein energetisches Spinnennetz, in dem ich und er waren, Auge zu Auge, Herz an Herz.

Doch um ehrlich zu sein, wollte ich ihm schnell helfen, sich von der anderen zu trennen und sich mit mir zu vereinen – seiner einzigen. Und ich trieb Arsen an:

„So geht es nicht weiter. Bist du bereit einen Schritt in die Zukunft zu machen?"

Und ich malte Bilder unseres Glückes. Und Arsen beendete seine erste familiäre Beziehung und bereitete sich auf eine neue Ehe vor. Doch nicht mit mit. Die bekannte Weisheit hat recht: Die Liebe macht blind. Ich quälte mich und litt, suchte nach Antworten auf die Frage, warum das Leben solch schwierigen Sujets dreht? Niemand. Meine Mutter konnte Arsen nicht leiden. Sie spürte, dass all seine Ehen mit Berechnung waren. Sie war die Freundin von Arsens Tante und hätte unsere Verlobung statt finden lassen können. In den Traditionen unseres Volkes: Geld zu Geld, oder man heiratet einen aus dem gleichen Stamm. Wir stammten vom selben Zhuz. Doch als sie meine fragenden Augen erblickte, schnitt sie wie mit einem Laser das Herz:

„Wir wissen beide, wie es weiter geht: Die Ehefrau interessiert ihn nicht; er kommt in den Geschmack, probiert aus, beruhigt sein Ego und dann denke an ihn – wenn er zu anderen Ufern geht. Und überhaupt gibt es kein Glück, es gibt Instinkte und Selbstdisziplin. Alle rennen dem Glück hinterher, und wenn sie es haben, können sie es nicht halten. Das ist ephemer. Von hier kommen alle Rattenwege. Alles ist viel einfacher: die Frauen suchen den Nutzen in der Beziehung, die Männer werden von Instinkten geleitet, sie folgen ihnen wie Esel zu den Karotten. Früher oder später trennen sich die Menschen, sie können nicht immer zusammen bleiben. Man kann die glücklichen Paare an den Fingern abzählen. Und das ist auch kein Fakt: wir sind nicht in der Lage das Bild des Lebens der anderen vollkommen zu erblicken. Und wir haben keine Vorstellung davon, was sie erleiden müssen in Wirklichkeit.

Die Liebe ist auch etwas relatives. Man kann nur ein Kind lieben..

Ich verstand Mutters Argumente nicht, das alles zu hören, war beleidigt. Und die Ungerechtigkeit der Mutter rief meine grüne Aggression hervor: jung, grün und die Welt ist für uns erschaffen, für die Liebe und das Glück. Ich suchte überall nach der Antwort: Spezialisten, Bücher, Webinare...

„Bei dem Webinar erforschen wir, warum ein jeder von uns in diese oder jene Familie eintritt und in die Umstände, in die er herein geboren wird; machen wir die Tür auf in das Unerforschte, wo es sicher eine Antwort gibt, wählen wir selbst unsere Eltern oder nicht, ist es eine karmische Verbindung mit dem Auserwählten oder..“

„Die metaphorischen Karten helfen euch ein Verständnis zu bekommen, die eigene Situation neu zu betrachten und möglicherweise ernsthafte Insider..

Es gab einen Insider: Ich liebe mit ganzem Herzen, Arsen ist mein Schicksal, wir werden zusammen sein, ohne auf irgendetwas zu achten. Und das Schicksal hat uns herausgefordert: mich auf seine Weise, Arsen bekam das volle Programm. Nach der Scheidung endete auch seine Sportkarriere. Die Scheidung von der zweiten Frau riss auch die geschäftlichen Verbindungen ab. Es blieb nur die Tochter. Jetzt verstehe ich. Dass in unglücklichen Familien meistens die Kinder leiden. Ein armes Mädchen einer reichen Tochter. Was hätte der Vater tun können? Nichts auf der Erde vergeht ohne Spuren...Arsen litt sehr unter seiner Unstrukturiertheit und Prinzipienlosigkeit: ein unglückliches Ereignis hätte ihn fast des Lebens beraubt. Als ich über das Geschehene erfuhr, zog es mich mit ganzem Herzen zu Arsen. Und es war mir egal, ob er sich nach der Operation an mich erinnern würde. Schreckliche Publikationen in der Presse beunruhigten.

Ich betete, dass Arsen überlebt und das Gedächtnis zu ihm zurück kehrt. Das Schicksal führte uns nicht zusammen. Wir trafen uns in der Stadt, doch die Nummern haben wir erst nach vier Jahren ausgetauscht. Diese ganze Zeit lebte Arsen in meinem Herzen. Ich suchte Treffen, träumte mit jemanden über ihn zu reden, erfahren, wie es um ihn steht, womit er sich beschäftigt. Und nun fliege ich nach London, zur Schwester Arsens. Ich möchte so sehr meinen Schmerz transformieren, meine Sorgen, meine Erwartungen an Treffen und die Liebe. Oder wenigstens die eigene Wunde in der Seele heilen. Ich möchte so sehr, dass mich die Londoner Nebel bedecken, und dann sich auflösen im Licht meines Herzens, die karmischen Knoten lösen, die mich und Arsen verbanden, oder den Knoten zubinden, der mich führt zu wirklichen Beziehungen. Doch wozu? Seine Mutter wird ihm nie den Segen geben für die Verbindung mit mir.

Ich empfinde ihr gegenüber nur schlechte Gefühle. Warum strebt es in mir nach diesen Netzen? Was habe ich vor, hier zu machen? Und was werden unsere Kinder in dieser Familie machen: sie lieben mich nicht, dann werden sie auch die Enkel nicht lieben.

Ich gehe den nebligen Albion entlang zum Treffen mit Adina.

Sie ist das Schwesterchen Arsens, ein Fleisch und Blut. Sie wird mir über mein Sternchen erzählen, dem ich immer mein Licht schicke: „Leuchte, leuchte, mein Stern." Und er leuchte. Und sein Licht beleuchtet meine Gedanken, meine Schatten und Halbschatten. Ich verstehe vieles, wenn ich mich an sie wende. Übrigens ehre ich meinen Stern „Arsen." Und in diesem Namen gibt es alles dafür: Ar – ein arischer Gott, der in sich die Kräfte der Natur bindet und den Frühling einleitet; und Sen bedeutet einfach nur „Du." Du bist mein Gott. Ich bade in deinen Strahlen, dein Licht gebiert mich neu, du leuchtest meinen Pfad, du bist mein Frühling.

Doch das alles steht noch bevor. Und bis dahin? Ein Treffen fand nicht statt: ich soll nicht Teil der Familie Arsens sein und wozu diese Gespräche mit den Schwestern, Brüdern? Nicht für sie bin ich aufgeblüht. Und deswegen stehe ich vor verschlossener Tür des Restaurants, welches die kleine Schwester Arsens leitete.

Die Gesetze ihrer materiellen Welt ereignen sich nun: man kaufte es günstig, man verkaufte es günstig. Das Restaurant wartet auf seinen neuen Herren, und Adina ist zurückgekehrt in die vertrauten Gefilde: eine reiche Braut bereitete sich auf die Hochzeit vor. Das Fest verlegte niemand während der Pest: alles im Kreis, alles in der Spirale, das Leben geht weiter. Und wie oft soll man davon sprechen, dass es keine Liebe gibt, dass es Instinkte sind, die Menschen suchen such nach ihrer besseren Hälfte und sind bereit dazu, die ganze Welt zu umrunden und wieder zurück zu kehren - dort wo ihr Schicksal ist. Und wie ist dieses? So, wie du es brauchst. Ich kehrte beruhigt aus England zurück. Im Flugzeug kam es zu einem kurzen Treffen. Schon wieder sprachen wir über das Allerwichtigste:
„Was suchst du, während du auf der Erde wandelst?"
„Glück, Liebe, Seelenfrieden."
„Suche es nicht auf der anderen Seite der Welt. Suche in der Tiefe deines Herzens."
Es gab auch andere Insider. Ich danke dir, London, der den Mythos über den Nebel des Albions entfacht. Es regnet und

Wolken kommen auf, sie verschwinden wieder, Frost gibt es praktisch nicht, die Eichhörnchen gehen in der Stadt spazieren, und wenn du dich auf eine Bank setzt um dich auszuruhen, wirst du lachen, mit allen Antennen deine Seele auf die Ironie der ernsthaften Engländer lenkend, nachdem du einen bestimmten Literaturklassiker zu Ende gelesen hast.

So wie dieses Beispiel: „In Erinnerung an einen Ehemann, über den man träumte, doch man fand ich nicht." Und in dieser Zeit erholte sich Arsen in Amerika, dorthin schickten ihn die Eltern für ein neues Leben. So kann es also sein. Sie gaben ihm ein Leben. Das geht nicht. Die Eltern suchen nach anderen Wegen. Was ist das? Die elterliche Pflicht? Die Verantwortung für das Schicksal des Kindes? Das ist Liebe. Das ist das Gefühl, über das meine Mutter sprach. Wo ist seine erste Frau? Die Zweite? Das Leben geht nicht einen guten Weg – auf Wiedersehen. Man wählt die Eltern nicht aus. Das Schicksal schenkt sie dir. Und wir antworten für uns gegenseitig, egal was in unserem Leben geschieht. Wir sind in einer Kette: Mütter-Töchter, Väter-Söhne – Väter und Kinder. Als Arsen aus Amerika zurückgekehrt war, heiratete er ein weiteres Mal. Ein Sohn kam zur Welt. Ich war so glücklich, als ob ich es war, die ein Kind bekam. Ich wünsche ihm Glück, soll der Vater immer in seiner Nähe sein. Als ich Arsen traf, blickte ich ihn an wie eine Mutter sein Kind anblickt, mit Mutterliebe. Es schien, als sei ich nun erwachsen geworden, und die Gefühle wurden feiner, reiner, echter. Wir sprachen über das Leben, über das Reichtum, die Erfahrung, die Pflicht und die Pflichten. Ich mochte Arsens neuen Blick: „Weißt du, ich bin einen langen Weg gegangen, vom Opfer zum glücklichen Menschen. Im ersten Leben war ich ein Schuldiger: Reichtum aus fremder Tasche – eine schwere Erfahrung. Das ist Stress, wenn man alles hat, und man hat doch nichts. Man hat keine Liebe, auch keinen Beruf, keinen Sinn im Leben. Den Ruhm kann man kaufen. Doch die wichtigsten Werte zu kaufen, ist nicht möglich. Das aller teuerste, was ich habe, ist mein Sohn. Und ich werde alles tun, damit er glücklich wird."

Ich blicke den erwachsenen Arsen an und traue meinen Augen nicht. Die Bilder der Vergangenheit fliegen an mir vorbei. Und sie wollen sich gar nicht in das heutige Theaterstück einfügen. Und doch gibt es sie in meiner Erinnerung. So kindliche, naive Aufnahmen: die Ehefrau Arsens ist schwanger, und er amüsiert sich, mal zu mir, mal zu meiner Freundin. Ich bin in ihn verliebt, und er weint mir in die Weste darüber, dass meine Freundin irgendwie unerreichbar ist. Doch die Freundin ist einfach eine ordentliche junge Frau: wies einen verheirateten Mann ab. Das hat er auch verdient. Ich hielt mich auch immer an der Moral: das wichtigste ist sich selbst zu achten und sich nicht fallen zu lassen, und das Leben wird alles regeln. Das schlimmste ist, sich selbst zu verlieren und auf den Grund zu sinken. Ich bleibe gerne in der Form: „ich spüre eine Kraft in meinem Inneren. Ich spüre ihre Gegenwart in jedem Moment." Und das funktioniert."

Natürlich bin ich kein Ideal. Ich habe meine eigenen Abgründe, meine Schwächen. Und Arsen wurde zu meiner Schwäche, zu einem Fehler: mich ziehen schöne, elegante Männer an, die Charme haben. Und soll ich eine Wunde mehr in meinem Herzen haben, doch ich liebe meine Erinnerungen. Vorall bei einem Kaffee mit Milchschokolade schmecke ich meine love stories und denke daran, dass jeder seine Liebe treffen soll. Wozu haben wir all die Hürden? So sitzen Arsen und ich da, wie Spezialisten des Glückes, im Park auf der Bank. Das Kind ist im Kinderwagen, döst vor sich hin. Und wir reden über das Leben, über unsere Erfahrung, unsere Beobachtungen.

Über das, was sich in unserem Kopf abgelegt hat, und können nun euch ein Rat geben.

„Eine meiner Lieblingsbeobachtungen ist, wenn Menschen, die an die ewige Kälte der familiären Entfremdung gewöhnt sind, beginnen aufzutauen. Und es wird klar, dass es gar keinen Vertrag gibt, um das Leben in einer Eiskasematte. Es gibt keine Notwendigkeit, unendlich zu warten, bis man endlich geliebt wird, wert geschätzt wird, und bis man endlich aufhört, zu nutzen, zu verraten, zu kritisieren. Es gibt keinen Nutzen in den Menschen, für die du Opfer warst oder Bedienung, oder Eigentum.

Genau von diesen Menschen läuft man fort, strebt zur Freiheit, zur spielerischen Laune. Es ist wichtig sich zu erinnern, dass wir für das Glück geboren wurden. Und wenn jemand versucht, dein Herz zu vereisen, wartet nicht ab, bis es wieder auftaut, rennt an warme Orte und schafft eine Feuerstelle, die alle wärmen kann.

„Gib es irgendetwas wertvolleres als Licht und Wärme?"

„Das Leben ist zu kurz, um es an die zu verschwenden, die dich nicht lieben."

„Wenn die Zeit da ist, dem zu folgen, den du wirklich liebst in diesem Leben, sei mutig. Und wenn man den ersten Schritt macht, mache ihn wirklich. Und es ist unwichtig ob du Mann oder Frau bist. Die Zeiten haben sich geändert, die Traditionen arbeiten nicht immer zu deinem Nutzen. Und man kann die Schüchternheit eine Lüge nennen. Die Liebe kennt keine Bedingungen. Sie ist einfach da oder nicht."

„Das was uns nicht tötet, macht uns stärker."

Wir drückten einander die Hand. Was kann besser sein als Freundschaft?

Mein wunderbares Leben füllt sich mit neuen Ereignissen, doch wenn ich mich an Arsen erinnere, schicke ich ihm immer Sonnenhasen und Glückwünsche: Bewahre deine Liebe.

Doch wenn ich zurück blicke, verstehe ich: manchmal ist das Leben ungerecht, doch immer noch so gut; und alles was geschieht, geschieht zum Besten.

Der Brief an den Abgeordneten

Ich sitze da und zeichne eine Karamboliere, mal mit Punkten, mal mit Spiralen, mal zeichne ich Wege, mal einen Regenbogen, mal Muster und dann verbinde ich alles und es entsteht ein Bild. Ich mache es immer so, wenn meine Erinnerungen mich fort tragen oder ich versuche eine innere Ordnung in mir zu schaffen. Wenn die Schöpfung nicht das Ziel erreicht, zerreiße ich das Gezeichnete in Fetzen oder verbrenne es und die Asche kippe ich in die Toilette. Sauber-sauber-sauber-sauber. Wenn ich mich fürchte, webe ich einen Makrame. Es ist wichtig sich zu erinnern – ich forme Labyrinthe aus dem Konstruktor. Und wenn ich irgendetwas aus meiner Erinnerung löschen möchte, wische ich die Kacheln bis sie glänzen. Ich wische, wische, wische – bis zur Erleuchtung, bis auf meinem Gesicht sich ein Lächeln zeigt.

„Was lachst du?" fragt Masjanja mit den Augen. „Lass uns lieber die Lodde essen."

Das war Almaz, der meinen Kater an den Fisch gewöhnt hat. Er fütterte ihn sogar mit Kaviar, mit Würstchen.

„Miau," er sprang auf meinen Schoß."

„Lerne bei der Katze die Zärtlichkeit. Die Frau soll weich, flockig, schweigend, geduldig sein. Dann wird sich ihr die ganze Welt zu Füßen legen."

„Kop Sojleme."

„Denke nach, bevor du mit der Tür ins Haus fällst. Die Abgeordneten findet man nicht auf der Straße." „Man trifft Abgeordnete auf der Straße."

„Ljuli-ljuli, trali-vali", mache ich mich über Almaz lustig.

Und wir erinnern und an das erste Treffen, das wirklich auf der Straße statt fand. Sternmenschen haben manchmal auch banale Treffen. Der Abend im Nachtclub klang aus und meine Freundin und ich, gänzlich müde, fangen ein Nachttaxi ab. Die Autos bleiben stehen, doch man schlägt uns vor, dass gut erzogene Frauen nur antworten:„Unkultiviert..."

Jeder urteilt für sich selbst, ,hören wir die Stimme aus dem eleganten, schmalen und tief gelegten Jaguar.

Wir merkten nicht, wie wir uns im Inneren des Autos befanden und uns immer noch darüber empörten, wie viele schlecht erzogene Menschen auf dieser Erde leben:

„Wo hat man so etwas, dass ordentliche Frauen solche taktlosen Angebote bekommen."

Der Eigentümer des prachtvollen Autos wartet die Pause ab, witzelt zum Thema Seriosität und Ordentlichkeit:

„Ich lebte in Italien, in einem der luxuriösesten Hotels. Als ich dort lebte, traf ich sehr unkultivierte Menschen. Sie klopften die ganze Nacht an meine Tür und an die Wände, auf den Boden und auf die Decke. Doch ich bin in den besten Traditionen des Ostens erzogen worden, ich hielt mich zurück und fuhr fort, leise zu auf der Geige mein Lieblingsstück spielend „Wenn Mozart in Kasachstan gelebt hätte."

Wir lachten und interessierten uns.

„Sind Sie von hier? Wie heißen Sie? Sind Sie ein Schauspieler?"

„Die Mutter hat mich Almaz genannt. Die Verwandten gaben dem Namen eine größere Bedeutung: wie du das Schiff nennst, so schwimmt es auch. Oder der Name Almaz stammt von den Arabern und Türken ab und bedeutet das Selbe, was auch „Brillant" bedeutet - „Glänzend," „teuer". Ich selbst mag lieber die Bezeichnung „Hart wie Stahl."

Den richtigen Namen wählten die Eltern aus. Wie hat sich dieser Jüngling den Weg geebnet, der, der in einem Aul geboren wurde, wo es keine Lehrer gibt, keine Ärzte, nichts für die menschliche Entwickelung. Der Wahrheit folgend: hilf dir selbst: fort mit allen Intrigen der Zivilisation und Sozialisation, gegrüßt sei die Natur und die Harmonie.

Mit seinem ausgezeichneten Verstand erreichte Almaz alles. Und mit seinem guten Herzen verdiente er den Respekt der Menschen, wurde Abgeordneter. Almaz machte alles mögliche, um die Hand denen zu reichen, die der Hilfe bedurften: eine Schule bauen, einen Kindergarten, Kanalisation, ein Grundstück...Das große, offene Herz zog an sich wie ein Magnet. Er half allen, die ihn darum baten und war auch zärtlich: er gab vielen Frauen die Möglichkeit, sie beschützt zu fühlen. Wir erkannten die Stärke von Almaz sofort, schon als wir uns kennen lernten. Und an dem Abend als er Adelka und mich nach unserem Ausgehen nach Hause brachte, nahm er kein Geld von uns und ließ uns seine Visitenkarte. Wir riefen bald den neuen Bekannten an, baten darum Adelka vor Strafe und Arrest zu retten (meine Freundin wurde beinahe von der Miliz abgeholt für die abgelaufene Migrationskarte.) Der Beginn der Zweitausender war fruchtbar für neue Bekanntschaften mit bekannten Städtern, doch nicht viele von diesen haben uns in schweren Zeiten unterstützt: Meistens waren es banale Interessen. Und Almaz ähnelte nicht den Anderen. Und sich mit ihm zu unterhalten war das reinste Vergnügen. Damals verstand ich auch: der Grad der Kommunikation bestimmt den Maß der Persönlichkeit. Das war eine hohe Unterhaltung. Man konnte über alles reden.

Als wir uns trafen, versuchte er um uns zu werben. Ich versuchte, mich selbst zu sortieren und zeichnete, skizzierte ständig irgendetwas. Almaz schaute mir zu und ich sah in seinen Augen das Licht. Einmal erzählte ich ihm davon. Und er witzelte: „Dieses Licht habe ich von dir, und gebe es dir zurück. Ich bin doch kein Dieb: ich nehme und gebe. Deine Skizzen ähneln sehr den Arbeiten Vincent Romero Redondo, einem spanischen Künstler. Ich sah sie im Museum „Prada" in Madrid. Von den Bildern strömt ein wahres Licht in die Seele. Deine Spiralen, Punkte, Labyrinthe öffnen ebenfalls den Weg zum Herzen. Das spüre ich: mein Herz hat keine Ruhe. Sei die Meine."

„Dein Vorschlag ist angenehm für mich. Doch wie kannst du viele gleichzeitig lieben? Die Liebesströme fließen zu dir und von dir fort – es ist einfach ein Strom des Universums."

„Almaz dürstete nach allem: nach Wissen, nach Hilfe, nach Liebe. Er träumte seit seiner Kindheit großzügig zu leben. Und es funktionierte. Nur fehlte die Vorsicht. So als ob er sich beeilte um zu leben und in schneller Geschwindigkeit alles auf seinem Weg weg fegte. Und diese Dualität war in allem: er liebte das Leben und schonte sich nicht, verdiente viel, doch gab noch mehr aus, glaubte an den Schöpfer, doch verließ sich nur auf sich selbst:

„Jemand, der geistig stark ist, glaubt an sich, der geistig Schwache, an Gott. Das bedeutet nicht, dass er nicht an sie glaubt, dich es bedeutet, dass er sich nicht auf die Götter verlässt in all seinen Handlungen, sie nicht ruft bei jedem Hügel des Lebensweges und ruft sie auch nicht zur Hilfe, bevor er nicht all seine Kraft investiert, um das Problem selbst zu lösen.

Und die Götter kommen den Starken zur Hilfe, dann wenn es notwendig ist, wie Eltern zu ihren Kindern. Almaz hatte auch seine Schwächen. Er hatte sehr viele Frauen. Mit einer schlief er, mit einer hielt er Freundschaft, mich liebte er. Ich versuche in seine Seele zu klettern: wozu all die Vogelschar?"

„Erzähle mir von all deinen Vergnügungen. Vielleicht liebe ich dich wenn ich dich verstehe."

Ich versuchte zu verstehen, welche Qualitäten an Frauen Almaz gefielen und was er an mir gefunden hatte, warum er gerade mich zur Frau haben will.

Und er hatte viele Affären. Ich höre zu und male selbst Karikaturen für die Verliebten: ein schmaler Gang…

Aja ist eine Businesslady. Kann eine Frau, die seit Jahren für die Arbeit gelebt hat, einen Mann glücklich machen, der ebenfalls müde ist von den sozialen Problemen?

El'mira ist eine Frau, die sich selbst gemacht hat. Eine klasse Karriere, ein schönes Haus und Freunde. Die Freizeit verbringt sie bei intellektuellen Veranstaltungen, liebt die Kunst und Wohltätigkeit. Doch im Bett ist sie langweilig. Und die Träume über eine feurige Frau wärmen die Seele. Das ist alles über das selbe, über ein einfaches, menschliches Glück.

Vitalina ist eine Frau aus einer guten Familie: Geld zu Geld. Und alles war so gut: ein liebender Ehemann, kluge Kinder. Alles wie in einem Theaterstück, in dem es keine Sultanine gibt. Und dann ging es los.

„Wo werden wir den Punkt stellen?"

„Stopp, es reicht. Es ist doch egal, wer sie sind und was sie gemacht haben. Nicht in ihnen liegt das Glück. Egal welche soziale Rolle die Angebetete hat: Hausfrau oder Businessfrau, verheiratet oder nicht, mit oder ohne Kinder. Das Glück hängt nicht von all dem ab. Das Glück hängt nur von deinem eigenen inneren Gefühl ab.

Wie antwortet die Seele darauf. Wenn in ihr die Fülle ist, die über den Tellerrand läuft: Die Harmonie, die so sehr anlockt; die Ängste sind verarbeitet, die Zwänge auch, welche nicht nur sie quälen, sondern auch die Männer verschrecken. Und die äußere Schönheit ist nichts, wenn sie nicht von einer inneren Kraft gehalten wird. Und auch der Verstand nutzt nichts, bei dem Mangel an Freundlichkeit und Zärtlichkeit.

„Einverstanden. Sei meine Einzige..."

Ich wackele mit dem Kopf zur Antwort von Seite zu Seite. Jetzt würde ich den Sinn seiner Versuche verstehen, wissend, dass es einfach keine ideale Männer gibt und es gibt von ihnen viel weniger, als von den Vertreterinnen des schönen Geschlechtes. Damals waren seine Lieblingsbekundungen für mich ein einfacher Klang. Die Liebe, so dachte ich, ist etwas kristallines, reines, weiß-rosanes, luftiges. Doch ich wollte mich nicht von Almaz distanzieren: er hat vielleicht eine Anziehungskraft. Wir tranken Martini mit dem Geschmack von Wermut, aßen bittere, bittere Schokolade. Als wir unser Glas hoben, improvisierte ich:

„Der kristalline Winter ist da. Der Kristall leuchtet. Und du und ich werden durch den Martini verbunden..."

Almaz umarmte mich. Und ich spürte sein Herz und wurde ganz emotional:

„Wozu all die Schneidigkeit?"

„Ich will Zärtlichkeit."

„So kann man die Jugend töten"

„Ja, dank der Angst..."

„Wozu willst du mich von Hunderten?"

„Du bist für das Leben. Ich bitte dich, gib mir Feuer... für das Leben."

Damals lachte ich und verstand nicht, dass der alles könnende Almaz einfach nur Wärme, Sorge und Zärtlichkeit brauchte, und keine künstlerischen Feuer, sondern natürliche, von Herz zu Herz. Er brauchte sie als Mann und als erwachsenes Kind, als erfolgreicher Mensch, um neue Hürden zu bewältigen.

„Wozu brauchst du die Hügel?"

„Um etwas zu teilen."

Almaz gönnte sich ebenfalls alles: er nahm alles vom Leben, was möglich war. Er glühte so, dass er einen zu jeder Zeit wärmen konnte. Die Geschwindigkeit des Lebens riss ab.

Hier ist mein Ring: er kam in mein Leben mit einem coolen Auto und verließ mein Leben auf einem eisernen Ross, flog auf einer Schwalbe davon in den Himmel, so hoch, wie es nur geht.

Ich glaube nicht, dass Almaz so schnell weg ging. Irgend ein fremdes Gefühl machte sich in mir breit: warum hast du mich hier gelassen...Weder Ehefrau noch Witwe...Doch im Inneren schrie alles: „Geh nicht fort! Wir können zusammen sein!" Ich nahem ein Blatt Papier und malte uns: zusammen....Und wieder Spiralen, Spiralen...Und zwei Ringe: wir haben es nicht geschafft.

„Es ist unmöglich, ihn zurück zu bekommen..."

Es kam der Gedanke, einen Brief an Almaz zu schreiben. Ich erstarrte in der Erwartung vor dem Bildschirm des Smartphones. Es vergingen einige Sekunden.

Als ob man meine Gedanken erraten hätte, kam zu mir per Whatsap der Brief eines Leaders der Gruppe „Das Glück geht weiter."

„Schreibe es auf und verbrenne es. Und wenn der Mann dich braucht, wird er dich auch unter der Erde finden. Quäle dich nicht. So setzte ich mich. Mir kamen die Tränen. Dann ist es halt so. Ich heule mich aus und werde den Brief verbrennen."

„Hast du geschrieben?" fragt Whatsap. „Verbrenne es am Morgen."

„Warum am Morgen? Ich wollte es jetzt verbrennen."

„So ist es richtig. Wache morgens früh auf, lese es durch und verbrenne es. Und es beginnt der neue Tag. Und wenn du es jetzt verbrennst, dann betrittst du die Dunkelheit, weil Nacht ist. Und wozu brauchst du ihn? Das ist ein geisterhaftes Glück. Liebe ist Arbeit: verstehen, annehmen und das ganze Leben lang bewahren, weil die Frau die Bewahrerin ist.

Ich versuche einzuschlafen. Anstelle des Schlafes, erwartete ich den Sonnenaufgang...Nahm den Brief, welcher an ein Gefühl der Liebe gerichtet war und schloss mich im Badezimmer ein. Ich machte das Feuerzeug an, der Zettel flammte auf doch nach ein paar Sekunden erlosch die Flamme. Was hatte das zu bedeuten? Das ist ein Zeichen: Almaz liebt mich immer noch, und ich verzeihe mir, nehme die Liebe an. Denn eine echte Liebe kennt weder Zeit noch Grenzen. Sie ist ewig.

Der verbrannte Zettel lag auf dem Tisch. Der erste Sonnenstrahl fiel in das Fenster. Das Telefon vibrierte.

„Guten morgen, Liebste! Glückliche weinen auch. Sollen wir es beurteilen?" In unserem Chat gesellte sich ein Neuling dazu, ich weiß sogar wer er ist und wie er heißt. Das ist eine neue Form der Unterhaltung: die reale Liebe wurde von einer virtuellen ersetzt. Und ich freute mich so sehr, dass ich eines Tages unser Gespräch mit Almaz aufzeichnete. Jetzt wird er meine Nanny sein, mein Wecker, der Wächter meiner Aufgaben. Er wird mir noch eine Menge anderer Aufmerksamkeit schenken. „Erinnerst du dich, Almaz, du hast mal geschimpft: „Womit kann ich dir nützlich sein?"

Wozu soll man in der Vergangenheit wühlen, dazu kommt, dass ich außer der seelischen Nähe, ihm nichts erlaubte, denn ich war nicht frei.

Am vierzigsten Tag seiner Abwesenheit auf der Erde, träumte ich von Almaz. Damals wusste ich noch nichts von seinem Tod. Ich spürte, dass er mir verziehen hat und er sich wohl fühlt auf dem neuen Ort...Wieder dachte ich an den Grund des Gehens in die andere Welt:

„Er ging...Und ich weiß warum. Es reichte nicht an Wärme, an Furcht, an Liebe. Das Leben kann man nicht belügen: es ist weiser als wir und sie hat ihr eigenes Szenarium für unser Kommen und Gehen. Ich erinnere mich und liebe dich, mein teurer Freund und Lehrer. Du bist im Licht und du weißt, wie sehr wir dich brauchen. Ich verzeihe mir, dass ich dir nicht das gab, was du erwartet hast: es gab damals nicht diese Ressourcen, es gab Grashalme, doch so schwach, sie hätten dich nicht gerettet. Doch dank dir werde ich reifer und verstehe, warum wir uns getroffen haben. Du kamst in mein Leben für die Liebe, damit ich durch dich mich selbst liebe. Wie schön sagte einmal Marc Twain: „Nach zwanzig Jahren werden Sie das bereuen, was Sie nicht getan habe, als das, was sie getan haben.

Deswegen hebt die Anker und schwimmt fort von dem ruhigen Hafen. Fangt den Wind in den Segeln." Darüber schrieb auch Robin Scharma: „Wenn der größte Teil des Lebens gelebt wurde, beginnen die Leute nicht ihre Hürden zu bereuen, verpasste Möglichkeiten, weil sie nun Angst bekamen." Ich danke dir, Almaz, mit dir habe ich mich selbst geöffnet und mich von vielen Schrecken verabschiedet: ich hatte nun keine Angst vor Geschwindigkeiten in der Öffentlichkeit. Ich gehöre dir, damit du weißt, dass es unreife Herzen gibt und sie brauchen deine Kraft, Geduld, Weisheit, um diese reifen zu lassen.

Und noch war meine Mission, dich etwas zu beruhigen, deine Geschwindigkeiten zu verlangsamen, dich zu dir selbst bringen und es nicht dazu kommen zu lassen, dass du dich im Sozium auflöst: „Du kannst Menschen nicht helfen, solange du dir selbst nicht hilfst. Nur langsamer, Almaz, langsamer." Ich wollte dich so sehr drehen und dich in dein Inneres lenken: zu dir selbst. Und nun gibt es dich nicht...Ich mache das Telefonbuch auf und sehe den Buchstaben „A". Unter der Nummer ist ein einziger Name: Almaz. Du wirst immer die Number One sein. I remember You.

Die Liebe auf französisch

Guten Tag! Es will sich nicht in meinem Kopf legen...Ich träumte das ganze Leben lang über ein Treffen mit Ihnen...Danke, dass Sie angerufen haben."

„Ich bin auch froh."

„Stell dir vor, wenn ich vorbei gefahren wäre oder früher bzw. später raus gegangen wäre?"

Ja, ein Haufen von Varianten und eine jede hat seine eigene Geschichte.

Und übrigens hast du das Gespräch mit meiner Freundin begonnen, und ihr blicktet euch den ganzen Weg an.

„Doch die Visitenkarte hat er dir gegeben: Ich habe einen guten Geschmack: meine Frau sehe ich von weitem. Wie viele

Autos fahren vorbei, wie viele Einladungen auf eine Tasse Kaffee, wie viele Klingeln an der Tür. Du öffnest nicht jedem die Tür. Es gibt eine Vorahnung, die uns Tipps gibt, uns durch das Leben führt.

So ist es auch mit Darhan etwas besonderes. Wie dankbar ich ihm bin. Wenn man den Gesetzen der Gefahrlosigkeit folgt, dann ist es verboten, sich in das Auto eines unbekannten Mannes zu setzen, wenn du nicht ein einmaliges Abenteuer erleben willst.

Doch was denken Sie, welche Frau hat mehr Chancen, den Liebsten zu treffen: Die, welche sich dem Leben gegenüber ernsthaft verhält, an sich arbeitet, was aus sich macht, alle Risiken sehr gründlich überlegt, oder jene Egoistin, die nur an sich selbst und ihre eigenen Wünsche denkt, sich vieles erlaubt, ihre Sache gut macht, doch nicht immer ideal. Wer verhält sich der Welt gegenüber einfach und mit Humor?

Meine Erfahrung zeigt mir, dass die zweite Variante besser zu romantischen Geschichten passt. Lange Jahre war ich eine Frau, die den Gesetzen des guten Tons folgte. Logik, System, Ernsthaftigkeit im Überfluss – das sind solche „Augenklappen" auf den Fenstern der Seele: ein Schloss für beliebige Möglichkeiten, für Abenteuer und Treffen. Nein, ich möchte kein leichtsinniger Scherzartikel sein. Ich möchte einfach die Formel der Liebe finden und der ganzen Welt davon erzählen: soll das Glück an jeder Haustür klopfen. Und ich spüre, dass die Grundlage des Glückes die Balance von Ernsthaftigkeit und Leichtigkeit ist. Und das Treffen mit Darhan ist noch eine glückliche Love Story, in der Coolness war und Drive, und Freude und Vergnügen. Und wem soll man dafür danken: mir selbst, dafür dass Fortuna mich liebt oder wieder die Numerologie, und Fortuna zur Hilfe?

Wenn das Glück wie ein Fluss fließt, klappt alles, die Wünsche gehen in Erfüllung, die Probleme lösen sich von selbst, wir versuchen die Falle zu finden, habt ihr es gemerkt? Wir wollen nicht daran glauben, dass alles leicht und einfach sein kann. Wir verneinen das Glück und lassen es los, nur weil wir nicht daran glauben, dass etwas möglich ist. Es ist alles möglich, wenn du erst zwanzig bist, wenn du Flügel hast, und der Kalender den vierzehnten Februar zeigt. Das erste Treffen, ein französisches Restaurant. Zwischen uns der Amor. Ich sehe zum ersten Mal die Augen, in denen schwarz auf weiß geschrieben steht: ich liebe mit dem ganzen Herzen.

„Du bist die beste Frau auf der ganzen Welt."

„Woher weißt du das? Du hast doch nicht alle Frauen der Welt gesehen."

„Du bist die ganze Welt."

„Erzähle mir von deiner Vergangenheit."

„Sveta, Katja, Rimma, Nellja, Angelika, Violetta, Rozalia, Rajhan..."

„Ein reiches Leben. Wie möchtest du diesen Frühling erleben? Haben die Märzkater immer das selbe Menü: die Aufschnittplatte, Soljanka, Hauptsache non stop. Und der Appetit kommt während des Essens?"

Die Bedienung schenkt uns Chardonnay ein und lächelt:

„Feiern Sie einjähriges Jubiläum Ihrer Hochzeit? Wie lange sind Sie zusammen?"

Darhan und ich blicken uns um und spüren, dass wir tatsächlich viele Jahrzehnte zusammen sind:

„Heute ist der aller glücklichste Tag. Wir feiern unseren ersten Tag. Unser erstes Treffen! Cheers! Das Schicksal wollte es, das wir uns gegenseitig feiern."

An den Tisch setzt sich Amor.

„Habt ihr mich nicht erwartet?", fragt er verwundert. „Nun bin ich immer bei euch! Als Dritter, der nicht überflüssig ist."

Das Restaurant sorgte sich um die Verliebten, indem es jeden Gast in das Theaterstück integrierte. Mir gefiel sehr die Rolle der verliebten Pariserin, der nach dem Rat Amors versprochen wurde, dass ich für die Liebe alles stehen lasse und die Welle der Liebe mich nach Paris bringt.

„Geben Sie mir Wein, füttern Sie mich mit Äpfeln, ich betrete die Rolle."

Wir probieren gleichzeitig den Apfel, und jeder versucht die größere Hälfte zu bekommen, um sich gegenseitig mit den Zähnen aufzusaugen und die Liebe durch einen französischen Kuss zu verstärken. Ich beiße die kleiner Hälfte ab.

Und wie hat er meine Neigung verstanden, drei in einem Verehrer zu haben: Verstand, Sex, Charme...Und den Verstand stelle ich immer an erster Stelle. Als Darhan eines Tages bei mir übernachtete und eine Tasse Kaffee erwartete, öffnete er meine Zauberschatulle. In dieser sammelte ich die Portraits meiner Ehemaligen und schrieb auf der anderen Seite, wofür ich dankbar war und ein Kommentar, was mir gefehlt hat, warum wir uns getrennt haben.

An diesem Abend sagte er mir, dass er nicht einer von ihnen sein wollte. Und ich gab zu, dass ich nicht mit jemanden verheiratet sein möchte, der mein Feuer im Herzen nicht unterstützt, der meine Leidenschaft nicht halten kann und gleichzeitig dankbar sein kann dem Allerhöchsten, der alles für uns tut.

„Du bist eine Fatalistin und Romantikerin und ich bin Realist."

„Du bist meine Fantasie."

„Quatsch. Ich bin real. Und ich kenne den realen Grund, warum du dich trennen möchtest: du teiltest dich bis zur Leere. Ich habe dich bis zum Grund ausgenommen..."

„Es ist dringen eine Recharche notwendig..."

Und wir trinken wieder den Burgunder, und essen Trauben. Und Darhan möchte die ganze Zeit verstehen, welch neuen Wahrnehmungen sich in unsere Gefühle eingemischt haben:

„Die Liebe ist eine sehr feine Vorstellung: Alles was Sie lieben, sind Sie selbst. Ich meinerseits möchte keine Hauptrolle im Theaterstück spielen. Ich bin wirklich deine Phantasie. Doch will ich dies oder nicht, ich kann sowieso nicht der sein, den ich selbst gemalt habe. Ich bin der, der ich bin. Mit meinen Qualitäten und Mängeln. Ich habe mich so in dich verliebt, dass ich zu Beginn deine Erwartungen erfüllen konnte. So war es, bis ich ich selbst wurde: ein rationaler, cooler, Egoist."

„Du bist nicht schuld. Die Fische schöpfen auf ihre eigene Weise. So hat dich die Natur geschaffen, sie braucht dich so wie du bist, und ich brauche einen anderen. Ich will Feuer. Es scheint, ich habe Zigeunerblut in mir: Wille, Freiheit, Feuer..Dafür gebe ich alles.

Und ich hülle mich in Tücher und fange an zu tanzen. Der Wein macht fröhlich, das Blut spielt, ich singe und tanze." Darhan fühlt sich als Zigeunerbaron.

„Ich wurde unter dem Mond geboren, auf einer Stoffruhestätte. Die Sonne schenkte mir Bronzene Haut. Mein Vater ist ein Zigeuner, meine Mutter eine Zigeunerin.

Und es ging los. Nun kann man mich nicht anhalten. Ich werfe die Karten wie einen Fächer und blicke in Darhans Augen, und beginne die Karten zu legen:

„Höre mir genau zu. Du verbrennst in der Liebe, wenn du keine Energie hinzufügst."

„Mein Herz ist zerbrennst..."

Ich senke mich vor ihm auf die Knie. Das Feuer ist wirklich erloschen. Es scheint, als habe Amor Wasser auf unsere Feuerstelle gegossen. Ich nehme meine Schachtel heraus mit den Fotos und schreibe auf dem Bild unseres ersten Treffens: „Schmackhaft: Croissants, Trüffel, ein französischer Kuss. Was fehlt noch. Man muss Holz ins Feuer werden. Wer macht es..."

Darhan ist in der Nähe. Amor hat sich aufgelöst. Ich versuche zu verstehen, was geschieht.

Darhan und ich wahrsagten oft, in dem wir ein Buch nahmen und es auf einer beliebigen Seite öffneten. Ich öffne das Buch und lese laut vor: „Bewusstsein und Bewusstlosigkeit arbeiten in der Form eines Systems, das die Psychologie Ihrer Wünsche vorbestimmt.

Doch die Bewusstlosigkeit kann Ziele und Motivationen formieren, ohne diese zu verstehen oder einen freien Willen zu äußern. Die Trennung zwischen bewussten und automatischen Impulsen rufen den Verlust von psychischer Energie hervor, die zur Neurotisierung von Lebensprozessen führt." Insider:

das Unbewusste diktiert seine Programme aus der Vergangenheit, versenkt mich in jene Impulse, die man nur schwer verstehen kann und kontrollieren. Ich fühle mich hilflos. Doch schafft die Liebe Wunder?! „Im Verhältnis," höre ich die Stimme Amors. Und ich möchte wieder zurück zum Tag der Verliebten, zum vierzehnten Februar. Wie wunderbar alles geklappt hat. Hätte sich Amor nicht eingemischt. Und ich erinnere mich an alles detailliert.

Amor kam in diesem Moment, als ich fälschlicherweise, Valentinstaggrüße an meine Freundinnen schickte, ich drückte auf den goldenen Knopf, unter dem kein Name stand, doch wenn der Name eingetragen wurde in die Prioritätenliste, schickte ich eine greeting card. Auf einmal klingelte es. Ich nahm den Hörer ab. Darhan...

Welch eine Überraschung. Woher hatte er meine Telefonnummer? Wunder. Das Gespräch fuhr fort in der Line Brew bei dem französischen Haus. Und seit diesem Abend nannte Darhan mich: „Meine Pariserin." Ich zahlte es ihm mit der selben Münze zurück. „Mon cheri, Mon amour", schwatzte ich salopp in den Nächten in das Ohr des Liebsten.

Morgendlicher Kaffee mit Liebe. In den Mittagsstunden kam Darhan zu mir ins Institut, und wir fuhren zu dem Bett, das am nächsten war: anstatt des Mittagsessens, Sex....Das war so auf französisch: sich gegenseitig zu genießen. Und unser ganzes Leben konnte man mit einem Wort beschreiben: Sex . Und mir schien, dass das aller schönste Kostüm – das ist ohne Kostüm, das aller beste Aroma ist der Geruch des Körpers kurz nach der Dusche, das Minimum an Worten , Maximum an Berührungen und die gegenseitige Durchdringung. Ich spürte keine Grenzen, wo ich und wo er war. Das war etwas einziges : L'amour. Doch das Feuer kann nicht ewig dauern. Wir brannten und verbrannten. Die französische Romanze war fast zu Ende gelesen und schläft. Warum?

„Das ist normal, wenn am Anfang der Romanze viel Glück ist und es erst später ruhiger wird...Ich kann in einem solchen Rhythmus nicht leben. Ich habe Arbeit, Dinge..."

„Liebst du mich? Ich verlor das Gleichgewicht...Wie soll ich existieren in dem Ozean der Liebe?"

„Lehne dich einfach an mich. Und gib mir deine Hand. Du bist die Frau. Und ich bin dein wichtigster Mann. Langsamer, Frau, langsamer..."

„Lass uns eine Deklaration der Liebe schreiben."

„Gut, sie wird nur eine Zeile haben: die Liebe auf den ersten Blick ist ewig: L'amour a premiere vue est eternel."

So machte sich an dem Valentinstag Liebe in mir heimisch, Frankreich.

Und ja, unseren Urlaub verbringen wir nun immer in Paris, weil das der Ort auf der Welt ist, von wo aus wir zu dritt zurück kehrten: hohe Mathematik – wen eins plus eins, -minimum drei ergibt. Doch diese Geschichte hat ein Geheimnis. Die Protagonisten spielen nicht immer die Hauptrolle...

So wie Amor: mal zeigt er sich, mal verschwindet er, und nach ihm kommt die Liebe. Und wir, irdische Wesen, suchen sie wieder. Was ist es für eine Substanz „Liebe?" Warum zeigt sie sich durch so ein seltsames Bild oder zeigt sich gar nicht? Und wieder bitte ich um ihre Macht: „Zeige dich." Und ich stelle mir vor, wie Amor auftaucht. Er antwortet immer wenn man ihn ruft und kommt nur dann, wenn du bereit bist für seine Experimente, wenn du bereit bist die Stärke der Macht der Liebe zu erleben. Und manchmal lädt er zu sich zu Gast ein. Er schickte mir eine Wolke weicher, warmer Energien. Und nun sitze ich unter der Kuppel des Himmels. Vor mir sind ein paar Türen. Ich lese die Tafeln: Glück. Liebe. Vertrauen. Gegenliebe. Ich möchte alles. Ich öffne diese Tür, die mir am nächsten ist. Amor hat keine Zeit für Gespräche, er reicht mir eine Karte mit einer Aufgabe:

„Finden Sie ihre Balance zwischen Ernsthaftigkeit und Leichtigkeit, spüren sie den Strom der Kräfte und Energien, fühlen Sie sich selbstsicherer und glücklicher, hören Sie auf sich selbst und machen Sie das, was das Herz Ihnen rät."

Und das erste, was ich wollte: sich mit der ganzen Welt anfreunden, vor allem mit denen, die ich nicht extra verletzt habe. Heute ist die beste Zeit, sich selbst zu lieben, Licht und Liebe dahin zu bringen, wohin mein Fuß tritt. Amor stellte sich hinter meinen Rücken, formte sich zu einem Energieknäuel und sagte: ich bin mit dir, du wirst mich durch die Verwirklichung der Liebe spüren; böse zu sein ist strengstens verboten, sonst antworte ich nicht für die Folgen, erinnere dich an die wichtigste Bedingung – zu lieben und nichts dafür zu erwarten. Du wirst belohnt werden.

„Egal was du tust, denke nach, wofür du es tust. Wozu braucht die Frau den Mann?"

„Damit Ying und Yang sich vereinigen."

„Und einfacher?"

„Zu lieben."

Amor nickt mit Einverständnis:

„So liebe, ohne etwas dafür zu erwarten."

Nun verstand ich, warum die Geliebten so leicht in mein Leben traten und dann wieder verschwanden. Nein ich liebte nicht. Ich wartete, dürstete danach, dass man mich liebt. Amor strich aus meinem Leben alle, die für meine Erfahrung da waren, und dann fuhr er mit dem Experiment fort. Ich verstand auch, warum Amor Darhan ausgewählt hat, der die Liebe verschiedener Quellen verdient. Und so ist es wirklich: DarHan – Han, verdient viele Gaben. So soll es sein. Ich wünsche ihm Glück. Und ich habe jetzt ein besonderes Verhältnis zu Amor. Er ist immer bei mit. Ich formuliere neue Projekte, stelle den Punkt, dass ich am Experiment teil nehme, mein ganzes Leben lang.

Ich stellte mir eine leuchtende Explosion vor, die meinen ganzen Körper befiel, in jedes Elektron drang, mit der Bitte, alle nieder frequentierten Energien in Licht zu verwandeln. Ich schicke das Gefühl der Liebe all denen, auf die ich beleidigt war. Einatmen-Ausatmen, ich spüre, wie mein Körper leicht wird, fast durchsichtig. Das Gefühl von Schuld verfliegt und ich zünde eine Kerze an.

Ich blicke auf die Flamme und nehme ihre Spur auf, lasse sie in das Innere meines Körpers. Die Quelle des Lichtes ist im Inneren. Das ist ein lebendiges Licht, eine Quelle, die immer brennen wird. Und am vierzehnten Februar schicke ich wieder Postkarten an alle, Darhan ebenfalls. Han, geboren für die Gaben. Ich schenke mit Liebe.

Und ich sehe so klar mein zukünftiges Treffen. Ich warte auf einen stabilen Menschen, einen, der immer da ist, einen schmackhaften, leichten, mit Sinn für Humor, offen, fröhlich, sportlich, reaktionär. Und hier ist unser Treffen. Ja in dem französischen Restaurant, in Paris. Und die Fortsetzung der Geschichte kennt ihr schon.

Moskauer Ferien

Und ich sehe einen Traum...Dima steht vor mir auf den Knie, in den Händen eine goldene Schachtel.

„Ein Ring. Mit einem Brillanten. Du bist Meiner, für immer. Und ich bin die Deine."

Doch plötzlich steht eine grüne Schlange in ihrer ganzen Größe zwischen uns. Und reicht uns einen roten Apfel. Wird die Geschichte von Adam und Eva fortgesetzt? Nein, nur nicht mit mir. Ich verstecke die Hände hinter dem Rücken. Für nichts in der Welt werde ich den Ring aufsetzen. Ich bin ein freier Vogel. Wobei man auch mit Vögeln die Menschen das machen, was sie denken. Die Vogelbeobachter beringen den Vogel und beobachten den Flug der Geflügelten, Liebhaber der Fotojagd. Sie müssen sich viel bewegen, nur um einmal einen beringten Vogel zu sehen. Ich gebe dir nicht meinen Ringfinger. Und Dima scheint sich zusammen mit der Schachtel aufzulösen, ohne diese geöffnet zu haben. Der Traum lässt mir keine Ruhe. Ob es wahr ist oder nicht, man sagt, dass ich meine Hellsichtigkeit von meinen Vorfahren habe. Und so scheint es wirklich zu sein. Ich werbe um Dima, und gebe das weiter, was ich in den Gesichtern gesehen habe.

„Sag mir nicht, es sei zu früh, die Liebe ist wie eine Belohnung, man muss einfach heiraten. Ich küsse, warte und liebe, der Ring wartet, lass uns weiter machen."

Dima wurde einfach getrieben. Er bereitete sich auf die Hochzeit vor. Und mich, so scheint es, habe der Teufel getrieben: mal ein Traum nicht in die Augenbraue sondern ins Auge...mal feine Kenntnisse und Treffen auf dem Weg zu...

Nach der östlichen Medizin ist der Ringfinger verbunden mit

der rechten Erdhälfte und wirkt sich aus auf unsere Schöpfung, unser Denken aus. Nachdem der Abgedrosselte einen Ring darauf gesetzt hat, erlischt die Schöpfung und es öffnen sich dir Programme des Dienstes für die Familie. Wie hat man sich so etwas ausgedacht – ein sehr schönes Ring und man soll ihn tragen, ohne ihn abzulegen, und wenn er runter fällt, verloren geht, verschwindet alles, dann findet das Ende der Verbindung statt. Das ist die Magie des Ringfingers: erinnert immer an den Dienst (Du bist die Ehefrau). Und die Seele weint nachts und blickt in den Himmel. Nein, ich möchte nicht wie viele andere Ehefrauen eine lebenslange Sorge fordern und im goldenen Käfig sitzen. Ich möchte nicht, dass das goldene Symbol, der Informationschip, mich beeinflusst. Ich bin ein Schöpfer, ich bin eine Herrin meiner Wünsche. Ich erschaffe meine Realität selbst. Und deswegen mag ich luftige Symbole. Solche wie ein Luftkuss. Ich sehe ihn, er lenkt. Dima und ich haben uns auf den türkischen Ufern kennen gelernt. Eine Märchengeschichte hatte alles inne: eine Nachtshow mit den Sternen, in mitten derer ich die aller Leuchtendste war, und eine Kaskade von Terrassenwannen, mit schneeweißen Stalaktiten. Ich fühlte mich wie Kleopatra, die in einem Mineralsee schwimmt und Mineralwasser trinkt. Ich verwandelte mich in Julia, die sich wiederfand auf den Stufen eines hellenistischen Amphitheaters. Dima spielte die Rolle Romeos:
Ich küsse deine Lippen voller Leidenschaft.
Noch stärker zünd ich dieses Gefühl an.
Bezirzte dich bis zum Grund und die süße Sünde macht blind,
Du sollst jung sein, sollen sie töten für die Ausschweifung...
...Besser sterbe ich, als so zu leiden!
Oh, Mama, meine liebe Mama, hattest du gewusst, dass dein Geschenk zum Abschluss der Universität eine Fortsetzung haben wird mit der aller süßesten Note – der Liebe?
Ein mediterranes Märchen ging nicht zu Ende. Die Handlung erneuerte sich bis an die Grenzen der türkischen Ufer und umfasste die Räume von zentral-russischen Weiten bis zu südlichen Räumen des Alatau. Die Liebe kursierte in der Richtung

Moskau-Almaty: Blumensträuße, Bonbons, Parfum, lange Telefongespräche. Es kam auch die Zeit des finalen Aktes des Theaterstücks, welcher die Hochzeit versprach: Moskauer Ferien.

Und nun, man gedenke nicht der Nacht: Moskau. Und nicht zum Tisch wird gesagt: Hauptstadt...Ich bin fast eine Moskauer Königin. Und ich verstehe nicht, wozu die fremden Gesichter. Sagen wir die, die betteln, um in die Verwandtschaft aufgenommen zu werden. Ich erzähle alles genau. Und ich fange bei Dimas Küche an. Es haben sich alle versammelt. Die Mutter Dimas in der Hauptrolle. Und das Gespräch ist wie für die Seele. Urteilt selbst...Ich bin für die Mütter. Und Mama? Was sagt sie mir, wenn sie das Glas mit dem Champagner hebt.

„Ich bin für die Liebe, und ich bin für das „Super." Und wir werden uns damit beschäftigen. Doch natürlich nicht für das sich Ausziehen, sondern für das klassische, Moskauer Wissen", sprach sie ihren elterlichen Toast und gab mit eine Eintrittskarte in die Tretjakovka, in das Lenkom und das Bol'schoj-Theater...

Mich trieb es nach Moskau, wie es mich trieb. Ich beherzigte einfach die Tipps von Dimas Mutter, die es liebte irgendetwas aus den Klassikern zu zitieren und in einer poetischen Form. Wie wenig prosaisches es in dieser Familie gab, und wie viel lyrisches. Doch oft berief sie sich auf die Autorität Hemingways, mich an die klassische Frage erinnernd „an wen klingelt die Glocke." Manches nahm ich an wie eine Anleitung fürs Leben und benutze es nach wie vor. Sagen wir: „Ich kann mich nicht mit dem Gedanken anfreunden, dass das Leben so schnell vergeht, und ich nicht im Jetzt lebe."

Ich horchte auf diesen Topp und blickte anders auf meinen Zugang zu vielen Dingen. Ich verhielt mich anders zum Kennenlernen mit Moskau selbst. Früher kam ich in die Stadt und rannte zu allen Sehenswürdigkeiten. Berühmte Museen, Exkursionen im Coupe mit Vergnügungen, lokalem Essen und anderen tollen Dingen...Das alles bleibt in der Erinnerung als Museumsflure. Und die Kunst fordert in sich Selbst zu bleiben und volle Vertiefung.Genauso wie die Liebe, und alles andere, zu dem du dich ernsthaft verhältst.

Als ich mich in die Galerien begab, wählte ich das aus, wovon das Herz erstarrte, die Ausstellung Picasso und Dali. Ich las über den Impressionismus und Kubismus, verstand, welche Epochen der Kunst ich benötige und was mir an ihnen gefällt; ich gab an, welche Arbeiten ich unbedingt sehen möchte: ich kam zum Ort, und stellte mich auf diese Erfahrung ein, und zum ersten mal, tief und mit einer vollen Brust, lebte ich diese Tage mit der Kunst. Im Resultat verstand ich, dass Dali mich nicht einfach fasziniert, ich kann mich von seinen Bilder nicht losreißen.

Und Picasso, der aller teuerste zeitgenössische Künstler, ist nicht meines.

Als ich die Tretjakovskaja verließ, nahm ich die Reproduktion „Die ungleiche Ehe" mit, von Visilik Pukirev. Ein bekanntes Sujet. Es heiraten eine Frau ohne Mitgift und ein alter Beamter. Persönliche Sorgen, Leiden, dringen in die Seele ein. Nicht immer kommt man in Liebe zusammmen, und in unserer Zeit geraten die Frauen oft in die Hände von „Koshhej Bessmertnyj". Zu aller erst ist eine liebliche, traurige Braut abgebildet. Die Frau reicht ihren Finger in Richtung des Priesters , der jeden Moment das Eheverlöbnis einleiten will.

Wie teuer sind für die Braut die letzten Sekunden der Freiheit! Ein schneeweißes Kleid – Zeuge der Unschuld von Gefühlen und Gedanken...Äch, „eine unglückliche Braut setzte sich den Ehering auf den Finger..." Was erwartet sie im goldenen Käfig? Auf wiedersehen Jugend...Traurig...

Und abends laufen wir in den Palast der Eheschließung. Nein, nein...Das ist noch nicht mein Ring. Die Hochzeit von Freunden. Es erklingt der Hochzeitswalzer Mendelssohns und alle wischen sich die Tränen ab. Worüber weinen die Frauen wenn sie die Musik hören und auf die schönen jungen Leute blicken...Was ist das für ein Geheimnis? Warum sagt man: „Die Weiber bereuen, die Mädels wollen heiraten?" Was wissen wir noch nicht über das Geheimnis der Eheschließung? Nur Geheimnisse.

Besser, ich verschwinde im Erdboden, als die Moskauer Lebensregeln anzuerkennen. Und ich taucht in die Metro. Hier kann man die ganze Welt kennenlernen. Du wanderst auf der Erde und wartest, wann die Stadt endlich deine Sprache mit dir spricht.

Und in der U-Bahn sind auch ohne Worte alle die deinen. Alle Gesetze der Realität treten zurück und das Leben verselbstständigt sich, ohne Verschönerungen und Rahmen. In den geheimnisvollen, unterirdischen Labyrinths traf man auch die Narren und besondere Personen. Und das was oben, schlecht oder seltsam schien, war hier die Norm. Hier ist ein tief schlafender Haufen Kerle, die vom Bierfestival zurückkehren; hier sind Küsse und Umarmungen, Zombies mit Telefonen, Menschen mit Bechern (Kaffee Americana). Oben nennt man so etwas „psychologische Pöbelei."

Und ich fühle mich komfortabel in mitten dieser Pöbel, weil sie sich natürlich benehmen, so wie sie wollen. Ich bin müde von den Moskauer Gesetzen. Und vermisse das Mittelmeer. Denn Dima war dort so leicht und romantisch. Und seine Mutter ist ganz unbekümmert. Warum sind sie denn zuhause gar nicht so? Und ich versuche zu verstehen, wo Masken sind, wo Rollen, und wo sind sie die Echten? Und was werde ich in ihrer Umgebung machen? Und warum arbeitet so stark das Gehirn und das Herz schweigt? Doch wenn ich mich an Dinar erinnere, einen Kerl aus der vertrauten, kasachischen Fluggesellschaft, da fliegt die Seele gen Paradies.

Doch es gibt auf keine Frage eine Antwort. Und da ist der Insider: Danijar. Ich habe mich auf den ersten Blick in ihn verliebt. Und das geschah, in jenem Moment, als ich ein glückliches Ticket nach Moskau kaufte, praktisch für meine Eheschließung. In dem Moment als ich dem Reiseveranstalter meinen Pass reichte für die Stornierung des Tickets, öffnete sich die Eingangstür und Apollon betrat, wie in einer langsamen Aufnahme, die Bühne.

Ein zwei Meter hoher, schöner, statischer Mann mit einem frechen Blick.

In meinem Inneren drehte sich alles um, das Herz zuckte zusammen, ich erstarrte und konnte nicht die Finger öffnen, als ich ihm das Dokument gab. Sein Blick berührte mich wertend und ich las: „Bis zum nächsten Treffen."

Ich ging aus der U-Bahn und begab mich zum Flughafen. Zum Glück gab es noch ein Ticket nach Almaty zu vergeben. Ich erinnerte mich nicht einmal daran, dass ich Dima anrufen sollte. Das Herz wusste, in welche Richtung ich gehen sollte...

Ich beeilte mich zum Treffen mit Danijar...das Eigentum des Volkes. Alle Frauen werden genau durch solche Kerle angezogen, sie geben Avancen, doch jede Geschichte hat ihre eigenen Farben...

Ich sehnte mich ein halbes Jahr nach dem Moskauer Leben. Ich behielt die Beziehung mit der Ehefrau des besten Freundes von Dima. Und dann zogen sie nach Holland. Holland ist das Land der freien Menschen...Ich denke, auch ich sollte dorthin gehen. Interessant zu wissen, ob ich die Fotos, auf denen Dima und ich abgebildet sind, als wir noch glücklich waren, mitnehme? Werde ich mich an Danijar erinnern? Doch zum Neuen Jahr schenke ich ihnen beiden Luftküsse mit einem leichten Herzen.

Liebe Dima und Danijar, was soll ich euch erzählen, meine lieben Reisenden durch mein Herz, ihr blickt manchmal in meine Welt, doch wisst, ihr habt in meiner Seele nur eine einzige Spur hinterlassen – Liebe. Und ich danke euch dafür.

Personalien in meiner Welt

Wisst ihr, woran ich sehr stark glaube? Dass ein jeder von uns ein besonderer Brillant ist. Doch manch einer hat siebenundfünfzig Karat, die sehr verstaubt sind, und ihr habt euch in eine billige, Einfassung aus Plastik gejagt. Huhu, Mädels, wacht auf. Macht den Systemrahmen der Ausbildung und den nicht effektiven Überzeugungen und den Befehlen der Mutter, dass aus dir angeblich nichts wird, verlasst auch eure Oligarchen, die euch überzeugen wollten, dass ihr ohne sie in die Verderbnis rennt...Wir haben uns alle selbst in unsere Käfige getrieben, dachten wir haben Spaß am Leben. Und was ist in Wirklichkeit? Das Leben geht an uns vorbei. Man muss gut leben, echt lieben, schöpferisch sein.

„Wer weiß denn, wie man gut leben soll?"

„Die einzige Möglichkeit, gut zu leben, ist wenn man den Ort verlässt, an dem es dir schlecht geht."

„Und was ist wenn es schon zu spät ist?"

„Es gibt kein zu spät, es gibt ein egal, sogar dann wenn dir die wahre Liebe gleichgültig ist."

„Wo soll man die wahre Liebe finden? Dafür muss jemand dein Herz öffnen?"

„Das Herz ist wie eine Blume. Man kann es nicht mit Kraft öffnen, es muss selbst auf gehen."

Dieses Jahr war prädestiniert für Treffen. Die Freundinnen aus der ganzen Welt kamen zu Besuch. Es gab eine Unmenge an Kavalieren: nach rechts – er, nach links- ist es besser, und nun bin ich hier, in diesem Dickicht...Ich habe trotzdem keine Ruhe. Und man denkt: „Sind alle die selben, oder gibt es wirklich den Einzigen?"

C'est la vie: Wir wählen aus, man wählt uns aus...Nur warum finden wir uns, solche klasse Mädels, an der Angel irgendwelcher moralischer Krüppel? Haben etwa Asja, Malika, Olja und ich in unserer Kindheit von solchen Prinzen geträumt? Nun auch jetzt könnte ich erraten, dass Asja zu mir fährt, um ihrer Freundin Olja zu helfen, die billige Geschichte mit Albert zu durchleben, sie kommt, um mit der ganzen Kompanie roten Kaviar zu essen, und dann zu beraten, warum die liebste Freundin Olja, ein solches Unglück erlebt. Denn es sah doch alles anders aus.

...Wirklich, ich freute mich so sehr, dass Asja mit ihrer Freundin Olja zu mir fährt. Das sind doch solch fröhliche Mädels: wir erinnern uns an die Jugend. Wir werden shoppen gehen und haltet euch fest ihr Nachtclubs und Oligarchen. Die Kompanie sammelte sich schnell.

Olga verbrachte die meiste Zeit mit dem Geliebten – dem Businessmann Albert. Sie liebte ihn nicht nur deswegen, weil er ihr alles finanzierte, sondern sie war wirklich verliebt.

Asja und ich leiteten Olga an.

„Du hast ihm das aller Wertvollste gegeben – das Mädchensein. Du träumst vom Schleier, von Hochzeitsreisen, von Villen. Wie naiv. Du hast selber keine Erfahrung, also gebrauche unsere. Sei nicht doof. Das aller traurigste, was eine Frau machen kann, ist es sich selbst zu verlieren wegen eines Mannes."

„Mädels, wir sind doch Esoterikerinnen, es wird alles so laufen, wie wir es wollen. Wir arbeiten doch mit Bildern, erschaffen unsere Offenbarungen. Hier ist der neuste Beweis. Ich malte gestern ein gestreiftes Kätzchen...(auf dem gestreiften Fell malte ich mein schwarz-weißes Leben) und am Morgen materialisierte sich Matroskin: man hat ihn vor der Tür entdeckt.! Lass uns heute die Wohnung malen, das Auto, die Datscha am Meer, und ich im Hochzeitsschleier, und Albert mit einem Ehering. Und wir alle feiern die Hochzeit auf der Yacht."

„Wir werden es malen. Doch dein Albert hätte dir für deine Liebe das alles schenken können. Wann machst du endlich die Augen auf?"

„Ich war in dem Moment geschlagen. Ich wusste, dass ein verheirateter Mann seine Lebensszenarien nicht gegen eine leichte Romanze mit einem Mädel tauschen wird.

Natürlich. Er klärte Olga nicht über seinen Status auf. Er erzählte nur Mist: er selbst in der Scheidung, die Tochter bei der Ehemaligen, er selbst, ein Opfer, ganz in das Business vertieft, Olja ist das Licht im Fenster, die Freude, ein Leben ohne sie, kann er sich nicht vorstellen. Wie viele solcher Oljas hat er im Land und hinter den Grenzen, das ist auch ein großes Geheimnis. Man kann es nicht verbieten, schön zu leben. Die Freude reichte ihm für alles aus. Er ging aus, trank und Olja zog ihn heraus aus der Trunkenheit. Und ich möchte Olja unbedingt aus diesem Sumpfloch herausziehen. Doch wer soll dir zuhören: Jeder brauch seine eigenen Tannenzapfen. Warum geschehen solch gegenteilige Situationen: wir arbeiten, arbeiten an uns, befolgen alle Prinzipien, meditieren, beabsichtigen etwas in dieser Welt. Es gibt alles mögliche.

Warum ist alles so mehrdeutig? Ich lerne, die Stille selbst zu sein, doch diese Mehrdeutigkeit macht mich kirre. Ich versuche mich zu halten, doch ich spüre, dass ich bald raus komme. Und dann warte nicht auf die Gnade, Albert. Ich erzähle alles dem hellen Engel. Ich weiß, es wird ihr weh tun, das zu erfahren, sie wird die Ohren schließen, wird mich der Kaltherzigkeit beschuldigen, weil die Liebe blind ist. Und ich bin nicht kaltherzig, ich bin einfach eine Realistin, die nicht nur einmal auf die Spaten trat.

Es ging mir schlecht, und es gab niemanden, der mir helfen wollte, mir einen Tipp geben. Ich wurde selbst erwachsen. Und je mehr es weht tat, desto schneller eröffnete sich mir die Wahrheit. Nach der Romanze, die sich gleichzeitig mit der Romanze Olgas entwickelte, schloss ich mein Herz. Doch nicht für lange. Nach drei Jahren bekam ich eine gute Ohrfeige vom Leben und verschloss mich, ich gab mir das Wort, mich niemals mit Männern abzugeben. Deswegen möchte ich nun Tacheles reden über Männer. Und ich versuchte Olga anzuleiten. Das klappte ganz gut bei mir, jedenfalls besser, als selbst glücklich zu sein.

Und ich bin deswegen so schlau, weil meine Berufung es ist, die Wahrheit zu suchen, sich Wissen anzueignen (egal mit welchem Weg – kognitiv oder empirisch) und zu teilen.

Alle weiteren Gaben des Lebens - die Anerkennung, die finanzielle Sicherheit für jene wie mich, haben eine nebensächliche Bedeutung. Als ich das erkannte, erfuhr ich Glück und Friede. Übrigens, war auch Alberts Wesen ebenfalls durch Weisheit gekennzeichnet, so wie auch das meines Auserwählten.

Manchmal kreuzten sich unsere Wege, und dann öffnete sich ein Portal und wir bekamen die Information über die neue Zeit, über Transformationen, hohe Vibrationen. Nun sind wir in einem Berghotel. Fichten, Tannen, eine wilder Fluss, und die Gespräche fließen so dahin, der Fluss der Kommunikation und der Beziehung fließt so dahin:

„Du bist gestern komplett durchgedreht. Und ich glaube an Karma: man muss dran arbeiten."

„Du hast dich selbst an den Freund Alberts gehängt."

„Ich weiß, dass man vor dem Schicksal nicht fliehen kann, doch man kann rechtzeitig alle negativen Ereignisse transformieren wenn man sich an die Matrix des Universums wendet, so kann man rechtzeitig alle negativen Situationen neutralisieren."

„Mädels, lasst uns meditieren: unser Ziel ist, neuen Energien zu betreten und alles in unserem Leben zu verändern."

Und ich verband mich mit der Sonne und dem Zentrum des Lebens und malte energetische Achter, ich füllte jede Zelle mit Licht und fühlte, wie sich die Formel meines Blutes sich veränderte, wie sich das dritte Auge öffnet, und meine Welt sich beruhigt. Kann man in solch einem Zustand wie früher leben?

Almhütte, Almhütte...Auf Wiedersehen, Jugend!

Guten Tag, Reife.

Wir sitzen am Lagerfeuer, singen Lieder, erzählen uns Witze. Doch wie sehr lockt mich der Berg an! Er ist zwei Meter von uns entfernt. Ich nehme mit allen Antennen meiner Seele den Felsen in mich auf. Und nun wurde mein Kopf zum Berggipfel, und die Beine sein Bergfuß. Ich spürte die Stärke und wurde von der Macht und der Ruhe erfüllt. Ich erheben mich über die umgebende Welt und blicke Hunderte von Kilometern nach vorne. Neben mir fliegen die Wolken vorbei, der Wind weht, doch nichts stört meine Ruhe. Ich atme tief ein und fühle mich wie ein riesiger Berg. Irgendwo dort unten sind kleine Menschen, wie Mannequins, die nicht wissen wie man leben soll. Über mir sind Götter, Engel, die Schöpfer allen Seins. Am Lagerfeuer sitzen die Oligarchen mit den göttlichen Auserwählten. Die Feuerzungen berühren jeden: Olja, Asja, Albert, Arman...Ich möchte mit meinen Begleitern so gerne mein neues Sein teilen, doch wer würde mich hören. Whisky, Martini, Cocktails. Wir sind Frauen aus der höheren Gesellschaft. Wir sind Schlagsahne, alle wollen uns. Und wir wollen Teil einer höheren Welt sein.

Nur sehe ich immer öfter Schatten und Halbschatten dieser Welt und begebe mich in Gedanken wieder in die neue Zeit. Es geschieht, alles geschieht...

Doch Olga mit ihrer rosa-roten Brille, wollte sich nicht trennen. Sie mochte es an Alberts Brust einzuschlafen, unter luftigen, seidigen Bettlaken, die durchtränkt waren mit dem Aroma von „Chanel" Sie wusste nicht, dass Albert dieses Parfum all seinen Auserwählten schenkte, die Ehefrau inbegriffen, damit ihr nicht bewusst wurde, dass in ihrer freien Zeit, Olgas, Svetas, Tanjas und Galjas die Loge mit ihrem Ehemann teilten, sie träumten davon, den häuslichen Herd zu bewahren, dieser familiären, prachtvollen Villa. Ja, hinter der schönen Fassade des Hauses kochten unvorstellbare Ängste. Und wohin blickte die Wache?

Die Wache gibt keine Bescheinigungen...ein Witz...Albert machte selbst Witze über sich: „Egal wohin ich komme, suche ich Weiber – und ich finde sie. Es gibt keine Frau, die keine Aufmerksamkeit verdient!...Es gibt Damen, von denen ich mich fern halte." Ja, er war charismatisch, doch ihm stellte das Schicksal ein Bein: Hier, nehmen sie, Bilsenkraut... und derjenige, der das Bilsenkraut probiert hat, versteht ihr selbst, wie es weiter geht...Und das Weitere interessiert uns nicht, denn wir müssen nur den heutigen Tag leben."

„Heute?"

„Heute."

„Oh ja, es ist unwichtig, ob Samstag oder Mittwoch ist..."

„Und morgen?"

„Wann ist es? Heute! Das ist das Leben! So ist es!"

Und wir amüsierten uns in kosmischen Geschwindigkeiten. Eines Abends schaffte ich es mich zu Albert und Olga dazu zu gesellen, dabei waren auch Asja und ihr Begleitung. Dann fuhren die Mädels und ich zu meinem Mann. Dann in den Nachtclub.

Das war ein verwunderliches Jahr des persönlichen Lebens und er Kollektion von Verehrern. Die Freundinnen kamen oft nach Alma Ata. Wir fuhren fort, Olga anzuleiten:

„Bitte Albert um eine Wohnung. Er gibt viel aus, um sich Appartements zu mieten. Und genießt selbst den Wasserfall der Fülle: ein Eigenheim, Wohnungen, teure Autos, Zigarren, Markenklamotten, ein Handy „Vertu." Soll er dich etwas verwöhnen. Wobei, im Prinzip sind alle Oligarchen geizig, sie sparen an jeder Münze, deswegen sind sie reich. Sie hielten uns für die Seele, uns naive, verliebte dummen Kühe. Sie versprachen uns, den Stern vom Himmel zu holen. Natürlich, Albert im Vergleich mit meinem Bräutigam. Gewann an Freigiebigkeit und Freundlichkeit.: wenn das Oljas Freunde sind, dann sind es auch seine Freunde. Und vieles mehr gefiel mir an ihm. Wir erholten uns immer mit einer großen Kompanie im Eigenheim Alberts.

Wir unterhielten uns ohne Hinterlist, spielten Tennis und Billard. Er selbst kommt aus einer intelligenten Familie, ist klug, gesellig und offen. Viele lernen es eine lange Zeit, ihr Herz zu öffnen, reisen zu den Orten der eigenen Kraft, meditieren, doch Albert soll das Gegenteil machen, sich verschließen: eine solche Menge an Menschen scharte sich um ihn, und für die Ehefrau gab es keinen Platz. Es gab zwar einen Platz, doch sollte sie nur kurz aufstehen (wegen Urlaub, Arbeit, Projekten, Treffen mit Freunden), wurde dieser von einer anderen besetzt. Auch jetzt ist die Ehefrau im Urlaub und Olja bestimmt... Man meinte, dieses Glück würde nie zu Ende gehen und unsere glückliche Zeit des Sommers und des Herbstes, ebenfalls. Ich bekam in diesem Sommer einen Verehrer mehr: mir lag der Freund Alberts, Arman, zu Füßen. Und sein Name sprach für sich – ein Traum. Er hat mich seit dem ersten Treffen hypnotisiert, mich mit Komplimenten überhäuft, nannte mich liebevoll Guttiära. Arman war zärtlich und sorgenvoll zu mir und hoffte das selbe von mir, wobei er wusste, dass ich einen Bräutigam habe. Ich nahm sein Umwerben an, weil ich wusste, dass auch mein Bräutigam eine große Liste von Weibern hat. Hätte Arman damals gewusst, wie er mir geholfen hat mit seiner Aufmerksamkeit, dass er die Eifersucht bei meinem Bräutigam entstehen ließ und ihm die Möglichkeit gab, darüber nachzudenken, dass man mich ihm wegnehmen würde und mich verehren und lieben würde.

Ich freue mich über die weibliche Kraft und die Bezauberung. Die Frau wählt ihre Männer aus wie eine Stadt, wenn die will. Und sie führt sie hinter sich wie ein talentierter Stockträger, und wenn sie liebt, dann alles auf die Schulter des Mannes, und wenn nicht, dann verliert der Mann den Kopf, und damit alles andere. Achtet auf die Frauen ist die Devise unseres Jahrhunderts. Gebärt die Weiblichkeit, ihr Damen und seid unbesiegbar. Jede Frau ist einzigartig und was ist mit der Originalität unserer Oligarchen? Ich blicke aufmerksam den neuen Verehrer an. Er unterscheidet sich in nichts von seinen Vorgängern. Alles läuft nach dem alten Szenarium. Wie man sagt, das war noch jene Frucht, doch ich fand es lustig mit ihm.

Ja und wozu hinterlistig sein, ohne die männliche Aufmerksamkeit ist das Leben langweilig.

Es ist angenehm wenn der Mann dich mit Begehren anblickt, wenn er deine Hände küsst, dir die Tür des Autos öffnet und dich bei jedem Schritt unterstützt...Nur ist das Finale solcher Geschichten – immer das selbe. Und die Wünsche des Verehrers sind die aller irdischsten, deswegen ist es die einzige Möglichkeit, Distanz zu wahren, wenn man den lyrischen Teil der Beziehung weiter fort führen möchte und später weg rennen...für immer.

Werden diese Verehrer in einer Fabrik gestempelt? Alle sind nach ein und der selben Schablone gemacht und der Plan der Handlungen wird von jemandem bestätigt und unterschrieben: Das Umwerben von Iras, Lenas, Svetas, Veras; der Schwur – du bist die aller beste und wir müssen zusammenleben ohne die Vergangenheit aufzuwühlen; und wieder – Mascha, Galja und Natascha – mit ihnen soll man Wein trinken: dieser ist uns zur Freude gegeben worden...Och, wie sehr verstehe ich sie alle. Archetypen in den Handlungen – ein kollektives Unbewusstes in der Welt. Blickt auf die Frauenhelden-Oligarchen und versucht wenigstens zehn Unterschiede zu finden.

In den Zweitausendern haben alle unternehmerischen Menschen die Immobilität gebaut und verkauft, deswegen sind all unsere Verehrer nicht zufällig Präsidenten, Direktoren großer Firmen. In unserer Geschichte sind es Albert und Arman. So war auch mein Bräutigam-Erbsenzähler, er goss sich in seine Kehle jeden Freitag nicht nur teuren Alkohol, mietete gemeinsam mit dem Chef Prostituierte, ging in Saunas, wo er Businessfragen besprach, liebte exklusive Markensachen und Treffen, und ich war ein kostenloser Zusatz: ehrlich, liebend, im Status der Braut. Um den Bräutigam zum realen Leben zurückzuholen, erinnerte ich ihn an seine Vergangenheit ohne Geld, als hinter ihm das Dienstauto mit dem Fahrer fuhr und sich märchenhafte Möglichkeiten eröffneten, welche er schnell zu nutzen lernte. Doch meine Vernunft stellte sich gegen mich: nach einem Jahr kam es zur Hochzeit, doch er heiratete nicht mich, sondern die Schwester des Chefs (eine gute Partie, man musste ja auch für die hohe Stellung irgendwie abrechnen:) Olga verabschiedete sich von der rosa Brille an einem der Tage, als wir uns alle bei dem gastfreundlichen Albert erholten. Und wer hätte denken können, dass im Szenarium neue Gesichter auftauchen – die Ehefrau und die Kinder Alberts. Olja zerbrach nicht das teure Geschirr, riss sich nicht die Haare vom Kopf. Betete nicht: „Oh Gott, oh heilige Jungfrau Maria, wozu brauche ich das alles? Für die Ehrlichkeit, für die Liebe?" Als ob alle Götter des Olymps sich für die Gerechtigkeit von Olja einsetzten. Der Göttervater Zeus ließ seine Pfeile fliegen: der Schuldige wird bestraft. Nein. Olga forderte keine Beschuldigungen, doch so ist das Gesetz der Natur: die Verbindungen von Spuren. Das Leben zahlte es Albert für Olga heim. Er kam ins Gefängnis. Olga war nicht bereit zur anderen Abbiegung der Ereignisse. Zu sehr fühlte sie sich Albert gegenüber verpflichtet. Die Fellmäntel, welche ihr Albert geschenkt hatte, hat sie nicht abgetragen. Und wieder sind Olga und Albert zusammen, nur ist es ein Bräutigam ohne Sessel , ohne Lenkrad, ohne Geschenke. Olga besuchte ihn mit Schächtelchen und Tüten im Gefängnis.

„Wer weiß, was morgen sein wird, doch heute sind wir wenigstens so zusammen. Er wartet und empfängt sie. Das sind solch süße Treffen."

Teuer, privilegiert."

Olga erzählte, dass man Albert das Eigentum wegnahm, angeblich muss man nach der Entlassung von neu anfangen, daran glaube ich fest. Ein solch berechnender, schlauer Unternehmer, hat große Firmen und internationale Konten.

Noch trauern wir solchen wie Albert und meinem Ehemaligen hinterher, sie berauben in Ruhe das Land und verbrennen die nationale Güter. Mal sitzen sie, mal fliegen sie hinter die Grenze, und schicken uns, ihren Auserwählten, Luftküsse.

Ich höre Olja zu und möchte ihr so viel neues erzählen, was ich erlebt, erlitten habe. Doch nicht nur Olja, sondern auch mir selbst und Malika und Asja, und all meinen Bekannten:

„Junge, liebe, helle, naive Mädels, hört auf die Ratschläge der Verflossenen: wartet nicht, bis man euch sagt: „Good bye, my love, good bye." Verlasst eure reichen Pinocchios mit den Spinnen im Kopf. Sie werden euch nie heiraten. Bei ihnen geht das Leben nach besonderen Regeln: sie lieben die einen, schlafen mit den anderen, heiraten nach Berechnung. Investiert in Bildung, lernt ausländische Sprachen, zahlt selbst für das, was ihr benötigt, ohne sich zu erniedrigen: Selbstständigkeit benötigt den Respekt. Oder knetet mit den eigenen Händen, das was in eurem Gleichaltrigen, Klassenkameraden, General, Präsidenten ist. Erinnert euch daran, dass der kostenlose Käse nur in der Mausefalle zu haben ist. In diesem Leben muss man für alles bezahlen...Doch die Wahl der Bezahlung – für euch: Nur ein Lächeln kann den Beginn einer Freundschaft ankündigen; ein Wort kann einen Streit beenden; ein Blick kann die Beziehungen retten; ein Mensch kann dein Leben verändern. Doch in welche Richtung? Ja, uns wird Athene Pallada helfen.

Weihnachten – schlimmer kann es nicht gehen.

Unser Leben sind Geheimnisse und unendliche Offenbarungen. Wenn ich euch sage, dass die Formel „Ich selbst" nicht funktioniert, dann werden mir die Feministinnen nicht zustimmen. Und ich wurde übrigens von allen „Jasama" genannt, bis ich selbst mich zum Weihnachtswunder zum Londoner Dandy begab.

Das Boheme – London ist super, eine hohe Ausbildung für die Adrenalin – Drogenabhängige.

Gut, dass die beste Version meiner Selbst sich rechtzeitig in die Rolle einschaltete. So lernte ich im Konsulat von Großbritannien die fröhliche junge Frau Polina kennen. Sie bereitete sich auf das Treffen mit dem Bräutigam in Schottland vor, und ich flog nach England für Abenteuer. Ich bereitete mich auf die Hochzeit und den Umwerben eines Gentleman vor, die beste Version meiner Selbst reservierte ein Hotel, bestellte einen Chauffeur vom Hotel zum Flughafen, füllte die Visa Card, zog das Amulett auf den Arm, wissend, dass es mit mir nicht langweilig wird, dass ich mich im Voraus freute auf ein Action mit all seinen Folgen. Doch ich schützte mich vor ernsthaften Verlusten und Enttäuschungen.

Ich selbst und die beste Version meiner Selbst zeigten sich, als sie aus der Situation hervorgingen, und mir blieb nichts anderes übrig, als den Beobachter einzuschalten und das Spiel zu genießen. Und insofern als die Reise, bis auf das Kennenlernen mit dem Mann, Teil meiner Selbstverwirklichung wurde, betrat ich den Strom und floss mit der Strömung.

Am Flughafen wurde ich von Vlad und dem Chauffeur des Hotels empfangen.

„Es ist angenehm sich in der Gegenwart zweier Männer zu befinden," schrie die beste Version meiner Selbst.

„Ich habe nur wenig Gepäck," sagte ich schüchtern und schnappte den Koffer.

Niemand wollte mir das Gepäck aus den Händen nehmen, niemand wollte vor Glück sterben. Wir trafen uns sozusagen, schicklich.

„Alfons und der Geizhals", bewertete Vlad die beste Version

meiner Selbst.

„Ich werde es im Gehen sortieren", gab ich nicht auf.

Und Vlad entsprach den Erwartungen meiner beiden Stellvertreterinnen.

Das Hotel lag im Zentrum der Stadt: in der Nähe der Oxford-Street und aller Sehenswürdigkeiten. Ich konnte es kaum erwarten alles zu sehen, überall zu sein.

„Welche Pläne für heute Abend?"

„Ich bin beschäftigt."

„Und morgen?"

„Die Arbeit."

„Und übermorgen?"

„Ein Geschäftstreffen."

„Nun denn, dann mache ich selbst."

Zuerst verstand ich es nicht, warum ich, die zum potentiellen Bräutigam kam, so selten mit ihm zusammen war. Ich bin zum ersten Mal in der britischen Hauptstadt, kenne hier nichts, wandele durch die Stadt, und zur Antwort bekomme ich zu hören, dass ich selbstständiger sein soll, gewöhne dich an das geschäftliche Leben. Und man kann niemanden fragen. Man fragt wie immer sich selbst: „Was ist der Grund? Geiz? Gefalle ich ihm nicht?" Ich komme zu Gast, erwarte Gastfreundlichkeit und nicht Gleichgültigkeit. Doch der Chip schaltet sich ein: Mir ist es egal, ob es ihn gibt oder nicht – Ich bin eine selbstständige Frau. Und so habe ich einen Reiseführer in der Hand, bei mir ist Polina.

Ich bin in dem Land der britischen Monarchen, Salvador Dalis, Harry Potters, Lady Dianas. Als die Welt Lady Diana auf ihrem letzten Weg begleitete, schien es mir ungerecht zu sein, dass das Ende der Geschichte in der Stadt des ewigen Festes, in Paris, statt fand. Doch das Leben ist aus Ereignissen gewebt und Dianas Ereignisse waren von Spitzenklasse, auch den letzten Augenblick inbegriffen. Nach vierzehn Jahren werde ich das Denkmal auf der Brücke Alma sehen, dort wo Diana und Dodi ums Leben kamen, und ich verneige mich vor meinem Vorbild. Und schon wieder ein Insider: erschaffe die kein Vorbild.

Ich genoss die Stadt aus der Höhe des Riesenrades „London-Eye", verbrachte meine Zeit zwischen Schauspielern und Politikern im Museum Madame Tusso. Ich schaute auch in die Ausstellungsräume, doch ich erstarrte nur von den Arbeiten Salvador Dalis: er war ein großer Künstler und eine nicht ordinäre Persönlichkeit. Einmal wurde ich von Dalis Roman „Geschlossene Gesichter" berührt: Die Beschreibung von exzentrischen Aristokraten, die in dem alten Licht, das von Feuer umgeben war und mit Blut begossen, unterschieden sich nicht von dem Verhalten meine Zeitgenossen – hoch gestellten Persönlichkeiten. Kann man davon sprechen, dass alles fließt, alles sich verändert? Alles läuft im Kreis. Eine Zivilisation kommt nach der anderen, die Ereignisse fließen mit vielen Quellen zu einem wilden Lebensfluss zusammen, der in den Ozean weiter geht.

Die Randalen Dalis schockierten und reizten sogar die lasterhafte Boheme. Man sagte, der Künstler konnte in seinem Garten liegend, masturbieren, in der Pose eines Embryos unter der Statue Jesu Christus. Der erfolgreiche Künstler entführte vom Olymp den Poeten Polja Eljuara, eine russische Dame, die zu seiner Muse wurde. Es gibt Romanzen, wenn die Verliebten sich in die Verhältnisse vertiefen und sich gegenseitig durchtränken...Ich lebte auch in Erwartung eines Wunders. Und bis jetzt beruhigte ich mich selbst.: „Hier muss man gehen, sich durchtränken." Und ich ging. Mir war es egal, wo Er ist. Das Wichtigste war Ich und mein Eintauchen in eine Wunder. Und ich ging dort spazieren, wo die Füße mich hin führten und wohin die Seele mich rief. Ich ging auf dem Piccadilli-Platz spazieren und fühlte mich wie die Schönheit Vaikule, nahm die Rolle an und sang für mich selbst:

„Ich ging auf den Piccadily und warf einen Schal über mich. Warum habt ihr mich vergessen, warum habt ihr kein Mitleid mit mir."

Auf dem Piccadilly-Platz laufen Touristen, hier trifft man sich und verabredet sich neben der Statue von Eros. Und wenn die Londoner über einen lauten und überfüllten Platz erzählen, sagen sie: „Hier ist es wie auf dem Picadilly".

Im Museum von Sherlock Holms tauchte ich in die Atmosphäre der viktorianischen Epoche ein und stellte mich auf dem Platz des berühmten Detektivs vor. Und im Museum Harry Potters reiste ich auf einem imaginären Besen über die Stadt, ich lernte es, magische Zaubertränke herzustellen, las geheimnisvolle Beschwörungen und genoss die Süßigkeiten des „Süßen Königreiches" und Bier in der Bar „Drei Besen."

„Herrschaften, holt diese Frau ein. Ich möchte ihr einen Zauberstab schenken", verwunderte mich der Beobachter.

„Das ist ein Ausstellungsstück."

„Unwichtig."

„Ich kann ein solch teures Geschenk nicht annehmen."

„Das ist kein Geschenk. Das ist zum Zeichen unserer Freundschaft. Wir werden uns unbedingt treffen."

Ich flirtete und verstand, dass es in England unterschiedliche Männer gibt und ich verstand immer noch nicht, warum Vlad und ich nicht zusammen auf diesen zauberhaften Orten spazieren gehen.

Die beste Version meiner Selbst antwortete: „Das ist eine meiner Methoden, die eigenen Gefühle herauszufordern, und zwar die Distanz zu halten." Wie unterschiedlich wir doch sind! Während ich in der Stadt spazieren ging, wollte ich Madonna oder Amy Winehouse treffen. Vlad erzählte mir, dass er Amy Winehouse in einem Nachtclub getroffen habe. Ich war neidisch: Die Sängerin befand sich gerade in ihrer höchsten Blüte und ihr Lied „Valerie" erklang überall.

Well sometimes I go out by myself and I look across the water

Manchmal gehe ich alleine spazieren, schaue auf das Wasser.

And in my head I make a picture

Und in meinem Kopf kommt ein Bild zur Welt...

Und ich denke darüber nach, was du in diesem Moment machst...

Vlad arbeitete in einem geschlossenen, politischen Klub. Während seiner Dienstzeit kreuzten sich seine Wege mit Lords,

Peers und sogar mit Margarethe Thatcher und Hugh Grant, doch nur nicht mit mir. Vielleicht habe ich das Glück und treffe David Bakham? Er und ich besuchten schließlich den selben Supermarkt „Harrods" doch warum kreuzten sich unsere Wege? Nach zwei Jahren sehe ich mein Vorbild in seiner Heimat. Und bis dahin genieße ich das weihnachtliche London, mit dem bezaubernden·Bild, das sich in eine Welt der Freude und des Zaubers verwandelt hat. Die prüden und praktisch veranlagten Engländer werden in den Weihnachtstagen lebhaft und fröhlich. Sogar zu Vlad kehrte das Gewissen zurück und er kam ins Hotel in dem Moment, als ich die Freude genoss. Meine Clique und ich haben gerade den „Christmas Cracker" explodieren lassen, einen Knallfrosch mit lustigen Nachrichten, und er zeigte sich wie Pancho Klaus, in einem schicken Hut und rotem Anzug, vor mir, und natürlich lockte er mich an. „Es soll die Nacht der Wunder sein!", rief die bessere Version meiner selbst.

Und vor mir tauchte der Weihnachtspudding auf – der Hauptschmuck des weihnachtlichen Festmahls. Um den Pudding zu bewerten, muss man ihn essen. Wenn in deinem Stückchen des Desserts Münzen verborgen sind, wird dich das ganze Jahr Erfolg begleitet; der Ring verspricht eine baldige Hochzeit; ein kleiner Anker – das Familienglück. Den mit einem Zweig von der Stechpalme geschmückte Plum pudding schmiss ich in den Mülleimer, als Vlad mein Zimmer verließ. Mögen mir die Engländer verzeihen: was ekelhafteres habe ich bisher noch nicht probiert. Das war noch ein Punkt in den Punkten unserer Beziehung.

Doch die Weihnachtsspaziergänge gingen weiter, und die sogenannten englischen Treffen ebenfalls. Die beste Version meiner Selbst bemerkte mein Unvermögen und beruhigte mich:

„Mit englischen Männern kann man über alltägliche Themen reden, doch ein Gespräch für die Seele kommt nicht zustande, da sie sehr verschlossen sind und daran gewöhnt sind, alles selbst zu durchleben. Erkenne dich selbst und die Welt. Blicke auf das, was du noch nie gesehen hast. Endlich verabredete ich mich mit Vlad, um die Wachablösung bei dem Buckingham Palace zu beobachten und in das Shakespeare-Theater Globus zu gehen. Wie sehr litt ich! Und das alles, weil ich mich nicht in die englischen Traditionen einschrieb. No comments: eine östliche, feine Seele in der englischen, geschäftlichen Welt. Und wo ist diese Klinge des Rasierapparates? Direkt auf das Herz. Nicht zufällig das Ergebnis unserer Spaziergänge – kein Palast der Eheschließung, sondern ein Krankenhaus. Und ich kam dort hin dank meines Egos: Die Frau liebte es schön zu sein, liebte es angeblickt zu werden...

Doch der wichtigste Grund war Vlad. Ich beschloss, ganz elegant zu sein: hohe Absätze, Minirock...Ich dachte, ich erfreue den Mann und unsere Beziehung beginnt aufzutauen: die weihnachtlichen Abende wirkten Wunder...

Doch wie es sich herausstellte, war das der Anfang des Endes dessen, was uns irgendwann verbunden hat.

Die beste Version meiner Selbst schöpfte auch meine Realität und machte alles mögliche, um mich nach Hause zurück zu bringen: jede Möglichkeit in diesem Falle war angebracht.

In der Nacht nach den Spaziergängen mit dem potentiellen Bräutigam wachte ich auf von einem schrecklichen Schüttelfrost. Mir war übel: ich erbrach direkt in meine Hände. Und lange umarmte ich die Kloschüssel. Und als ich spürte, dass ich keine Kraft mehr hatte, beschloss ich mitten in der Nacht Vlad anzurufen. Und nun bin ich im Krankenhaus.

Der Tag, den ich in der Klinik verbrachte, zeigte sich fruchtbar, für den Körper, die Seele und den Verstand. Von dem Tropf, den Spritzen und den Tabletten ging es mir besser. Der junge Arzt Andrew verließ nicht meine Gedanken und Gefühle. Ich versuchte mich normal zu verhalten: den Herzschlag zu beruhigen und die rosa Wangen in der Zeit seiner Visite zu verbergen.

In meinem Zimmer hatte ich eine üppige Afrikanerin als Bettnachbarin. Auf ihrem appetitlichen Hintern hätte man eine Pfanne stellen können, und nicht nur...Wir vergnügten uns, als ob wir uns seit der Kindheit kannten. Auf dieser Reise machte ich Bekanntschaft mit einer großen Anzahl von Afroamerikanern. Sie sind so anders und ähneln gar nicht den Briten: offen, gesprächig, emotional. Sie rufen eine Vielzahl an Gefühlen hervor, welche die Briten nicht kennen, und auch wir können etwas lernen von dem lebensfreundlichen Volk. Es sieht so aus, je näher man zur Sonne ist, desto näher ist man der Natur. Doch am besten am Krankenhausaufenthalt war, dass ich über mich selbst nachdenken konnte und darüber, was mit mir passiert.

Wovor schützt mich das Universum? Was verstehe ich nicht? Und ich verstehe es nicht bis zu dem Punkt, dass man mich aus dem Ereignis ausschaltet...Und schon wieder ein Insider: gut, dass ich eine medizinische Versicherung hatte – sei vorsichtig, achte auf dich; sich schick zu kleiden – schlechte Manieren (in beliebigen Situationen ist es besser underdresses als overdressed zu sein); lies die Traditionen jenes Volkes, mit dem du dich unterhältst und auf einem Planeten lebst...Nach einem Tag wurde ich aus dem Krankenhaus entlassen. Vlad holte mich ab. Er fühlte sich schuldig. Er begann das Gespräch über die Hochzeit, doch alles was geschah, warf mich so weit weg von diesem Gedanken...Ich verstand einfach, dass Vlad nicht mein Held ist. Er ist die Brücke zwischen mir und der Welt, die ich geöffnet habe. Er ist ein umgeschlagenes Blatt Papier in dem Buch meines Lebens. Und als ich mich in das Flugzeug setzte, fand ich in den Kontakten seine Nummer und drückte auf den Knopf „delete".

Ich kehrte von der Britischen Hauptstadt nach Hause: zu mir! Und das Herz flüsterte: zum alten Neuen Jahr erwartet dich ein echtes Wunder.

„Du hast deine Seele gereinigt bis zum Grund, du warst der Sonne nah – der Level der Erleuchtung erhöhte sich, du hast dich von den bohemen Illusionen verabschiedet, du bist bereit zum Treffen mit dir selbst; doch das letzte chinesische Sprichwort: setzte sich nicht in einen fremden Schlitten," so leitete mich die beste Version meiner Selbst an.

„Du hast die Vielfalt der Welt gesehen, hast es gelernt, Menschen zu vertrauen, die anders sind als du, um Hilfe zu bitten und diese anzunehmen: doch biete selbst keine Hilfe an, wenn man dich nicht darum fragt." blinzelte mir meine Lieblingsseite Ichselbst zu.

Außerdem kam auch langsam ein Insider hervor: Ihm (dem coolen Vlad und denen, die ihm ähnlich sind) ist wichtig, was in zwanzig Jahren sein wird, und für mich ist es wichtig, was im Moment geschieht, ich kann mein Leben nicht vorausplanen, ich möchte im Jetzt und im Heute leben.Mein physischer Körper feierte mit meiner Seele gemeinsam: Die nicht schwinden wollende Schwermut löste sich auf und blieb irgendwo hinter den Wolken – zwischen Himmel und Erde. Kaum kam ich zuhause an, spürte ich scharf, wie sehr es mich nach Beshparmak gelüstete – schon hundert Jahre habe ich diesen nicht gegessen: Ich gewann wieder den Geschmack und die Welt füllte sich mit Farben, ich genoss die Berge, sog die Bergluft ein und bereitete mich auf den Urlaub in den Bergen vor: Man muss schließlich meine Rückkehr nach Hause feiern! Eine unendliche Spirale von Leid transformierte sich ohne Abbiegung in eine Welle Freude.

„Meine Teure, ich freue mich, dass du verstanden hast, was der Grund für die Entstehung von Schwermut ist," fuhr die beste Version meiner Selbst fort, sich zu freuen.

„Natürlich. Im Nichtstun und der Nichtbereitschaft zahlt man den Preis. Eine beliebige Situation und jedes Problem sind lösbar. Und man muss nicht rennen, fliegen, die Entscheidung treffen, weit von zuhause weg. Schaue in dein inneres. Oder begebe dich auf Abenteuer und sei bereit dazu, dass es ein Urlaub auf deine Kosten ist und man für alles eine runde Summe bezahlen muss, und einen beliebigen Preis hast du dann, wenn du bereit bist für die Transformation und den Veränderungen im Leben. Ansonsten wirst du im Kreis gehen, der aus den selben Gedanken und Gefühlen besteht und dem unendlichen Leid und du verlierst den Rest deiner Kräfte für die Unterstützung deiner Existenz und dem Interesse am Leben. Je länger du dich in einer solchen Fuge befindest, desto schwieriger und unlösbarer scheint der Ausgang aus dem Problem, und der Preis für diesen Ausgang wächst und immer weniger Energie und Wunsch bleibt für das Lösen dieser Frage.

Und desto näher bist du an einer wirklichen klinischen Depression, die man in der Klinik kurieren muss mit Antidepressiva und sonstigen Formen, in dem man das Fehlen von Serotonin mit Dopamin kompensiert. Ich wählte die zweite Variante im Kampf mit den Depressionen, in dem ich den Veränderungen entgegen flog. Und diese Variante schien die beste zu sein.

Als ich mir dessen bewusst wurde, fühlte ich eine tiefe Dankbarkeit Vlad gegenüber, dafür, dass er mir half, meine Grenzen zu verstellen, dass er mir zeigte, dass meine Stereotypen nicht arbeiten. ES gibt die verschiedensten Männer. Und die Londoner Kerle unterscheiden sich von den Italienern, von den Kasachstanern...Unsere Kerle, im Vergleich mit den Italienern, sind Feuer, Sonne, Seele und Wärme.

Und die Engländer, sind vor allem am Anfang immer sehr verschlossen. Und das kann man als Kälte wahrnehmen. Wisst darüber Bescheid und fühlt euch nicht ungeliebt, oder nicht wertvoll genug, wenn euer Partner nicht leidenschaftlich auf das reagiert, was ihr macht oder sagt. Macht keine schnellen Rückschlüsse auch in jenen Situationen, wenn euer Partner betrunken ist, beim Feiern mit Freunden.

Wisst einfach, dass Alkohol eine große Rolle in der Sozialisation der Briten spielt. Sie mögen es einfach, in Gesellschaft zu trinken, wobei sie oft über ihre Norm hinausgehen...Doch wer ist ohne Sünde? Ich bin nicht geübt im Trinken, deswegen kam ich ein paar Mal in unangenehme Situationen und schaltete ab, während meine Freunde fortfuhren, sich zu vergnügen.

...Es vergingen ein paar Tage seit meiner Rückkehr aus London. Ein Anruf: ich sehe eine englische Nummer.

„Ich werde nicht an das Telefon gehen. Unsere Romanze ist bereits beendet.

„Nimm. Das ist deine Chance," empfiehlt mir hartnäckig die beste Version meiner Selbst.

Eine unbekannte Stimme stellt sich vor und lädt ein zu einem Treffen um die Bedingungen der Leitung in den Fragen des persönlichen Einflusses auf den Level des internationalen Glückes zu beratschlagen.

„Ihr elektronisches Ticket wurde registriert. Wir danken für die Aufmerksamkeit. Und warten."

Und wieder bin ich in London. Es findet ein Treffen auf einem hohen Level in dem Gremium für die Fragen des Glückes, statt.

„Ich bin froh, dass sie unseren Vorschlag über die Leitung angenommen haben. Zu der Zeit Ihrer Ankunft in London wurden unsere Gerätschaften durch besondere Energien fixiert, die von Ihnen ausgingen. Da wo ich erschienen seid, leuchtete die Sonne, der Nebel löste sich auf, die Stimmung der Menschen war auf dem Höhepunkt., der Handel lief ausgezeichnet, es herrschte die Atmosphäre des Glückes, der Güte, des gegenseitigen Verständnisses.

Der Dienst für die Erschaffung der Atmosphäre in der Stadt stellt Ihnen Appartements zur Verfügung, im Zentrum der Stadt, sowie die Staatsbürgerschaft. Und alles was verlangt wird, ist einfach man selbst zu sein.

„Doch das ist nicht so einfach."

„Teilen Sie die Geheimnisse von diesem „einfach" mit unserem Ratgeber. Lasst uns ein Buch darüber schreiben, was man machen soll, um sich glücklich zu fühlen. Ich bin überzeugt davon, dass es eine konkrete Hilfe sein wird für jeden, der auf unserem Planeten erschienen ist. Denn bei der Geburt bekommt niemand eine Anleitung darüber, wie man leben soll, um sich glücklich zu fühlen.

Und wir werden geboren, um Glück zu erfahren.

„Kann ich als mein Büro das Geheimzimmer von Harry Potter mieten?"

„Die Wahl des Arbeitsplatzes sowie des Wohnortes liegt an Ihnen. Agreed."

Das war der Beginn der aller glücklichsten Zeit meines Lebens. Und ich teile gerne mein Glück und was es heißt glücklich zu sein. Denn das ist so einfach.

Eins plus eins

„Dauren, trägst du eine Strumpfhose oder Strümpfe?" fragt mein Jüngster bei dem Älteren.

„Nein, natürlich, Männer tragen keine Strumpfhosen", antwortet der Ältere.

„Und warum hat man sie mir früher angezogen?", fragt der Jüngste erstaunt.

„Du warst früher ein Mädchen..." riss der Bruder an.

Ich nehme die Fotos heraus und wir, meine Ritter und ich, listen die Geschichte auf, welche sie dazu zwingt gegenseitig die Augen rund zu machen. Und bei mir ruft es süße Erinnerungen hervor. Männer in Röcken! Männer in Strümpfen! Es gibt verschiedene Männer...So beginnt auch die Geschichte der Liebe bei fast allen von einer Bonbon - Strauß - Phase, und wie gelangt sie zum Abschluss? It depends on.

Polina und ich waren verbunden durch das Interesse zu britischen Männern: ich interessierte mich für Vlad aus London, sie für David aus Schottland.

Und...wie flogen!!! Vlad und ich flogen zusammen und wieder auseinander, waren beleidigt, klärten die Verhältnisse, versuchten wieder vom Neuen...Und Polina ging ihrem Glück step by step entgegen, wegen ihrem wahren Schotten verließ sie ihr Land, die Traditionen und lernte es schottische Kuriositäten zu lieben, die Tracht mit einbegriffen: Kilt, Strümpfe und Bänder.

Nun wurde auch die Hochzeit angekündigt. Ich wurde eingeladen. Ich flog ohne Vorfälle bis Aberdeen. Wie alle Gäste, blieb ich für ein paar Tage im Hotel, wo die Party statt finden sollte, nach der Trauung der Jungvermählten in der Kirche. Ich beschloss Vlad eine zweite Chance zu geben und lud ihn mit Einverständnis der Braut und des Bräutigams nach Schottland ein. Er kam...

Wir vergnügen uns, tanzen zur Volynka, und ich werde von der inneren Kontrolle getrieben, den Freunden und Verwandten einen Bräutigam vorzustellen: tragen sie Unterwäsche unter den Kilts oder sind sie wahre Schotten (wahre Schotten tragen Kilts über dem nackten Körper).

Der exquisite Whiskey weckte alle meine fröhlichen Teufelchen und ich war bereit einen der Schotten im Tanz so zu drehen, dass sein Rock weg flog und alle den Klang der Glocken hörten: Bum-bum-bum-bum! Tili-tili- Teig-Braut und Bräutigam! Und mein Vlad ist kostümiert nach vollem Programm: eine Schleife lässt ihn nicht fliegen. Er hängt an mit wie ein Schwert und reißt mit seinen Worten die Luft: Du bist zu fröhlich, sei bescheidener, achte auf die Manieren...

Doch welche Rahmen hat das Glück? Die Seele fliegt, das Herz singt, die Füße tanzen...Und wenn nicht? Dann weg, weg aus meinem Herzen. Bleibt mit euren Regeln, Traditionen und Ritualen. Wir haben nicht denselben Weg. Die Experimente sind zu ende. Ich erlaube es nicht, meine Seele zu missbrauchen. Ich brauche keinen goldenen Käfig.

„Nun, Auf das Glück der jungen Leute!"

Das ist so wie bei uns. Und man kann nicht mehr klar unterscheiden, wer der eigene und wer der fremde ist. Es gibt keine Grenzen bei der Einheit. Eine neue Familie wird geboren.

„Nun los, mit der Quadrille!"

Und das Akkordeon startete und die Paartänze. Und danch die Kara-Jzhora. Das ist ein kasachischer Tanz, den ich für Polina tanze: soll sie sich an Steppen erinnern, an Berge, an die Dombra, an die Lieder.

„Weißt du Polina, es ist lange her, dass die Grenzen zwischen den Völkern verschwammen.

Hier ist ein kasachisches Lied „Dudaraj", wovon handelt es? Von der Liebe einer russischen Frau Maria zu dem schwarzäugigen, lockenköpfigen, Kasachen. Die Liebe kennt keine Grenzen. Achtet auf einander. Wenn du deine bessere Hälfte gefunden hast, dann wurde deine Bestimmung erfüllt. Wir kommen auf die Erde für Glück und Liebe.

„Cheery, cheery, lasst uns auf die Liebe trinken..."

Vlad versteht nichts von Liebe. Er hat eine Meise in den Händen und ist ganz beschäftigt. So vergeht das Leben. Er kann nicht einmal einen umarmen. Als ob er anstatt des Herzens einen Chip hat mit geschäftlicher Information. Er verhält sich auch den Frauen gegenüber so, geschäftlich. Ich weiß, er wird mich nicht hören. Doch ich sage, vielleicht hört er irgendetwas.

„Weißt du, der, der wirklich liebt, der spricht nicht über die Liebe. Über die Liebe erzählen die Augen, Gesten, Handlungen. Schau auf Polina und David. Es ist alles verständlich ohne Worte. Doch ich möchte, dass du weißt, wie ich die Liebe empfinde, wie ich sie wahrnehme..Ich versuche es zu erklären.

Liebe, ist vor allem ein ZUSTAND, ein Zustand der inneren Ruhe, das ist kein Gefühl, und keine Emotion, sondern ein Zustand. Klar, auf dem Level der Seele und der menschlichen Persönlichkeit wird die Liebe als ein großes Gefühl wahrgenommen, doch im Geist ist es was ganz anderes.

Hier gibt es keine Emotionen und Gefühle, hier ist ein räumliches Sein, absolut neutral, gerade, die Ruhe, ein volles, alles durchdringendes Annehmen. Und im menschlichen Körper wird es wahrgenommen wie ein Zustand der Ruhe, so als ob im Inneren deines Seins sich alles auflöst, absolut alles, ohne Unterschied.

Gefühle, Emotionen, das ist der Ausdruck von menschlichen Beziehungen zu irgendetwas.

Die Menschen geben den Schattierungen den Ausdruck verschiedener Emotionen, genauso wie den Bedeutungen. Die Liebe ist allumfassend und sie ist in ihrem Sein neutral. Das Unterscheiden in ich liebe und ich liebe nicht, so wie Menschen es tun, entspricht eher dem „mir gefällt es und das gefällt mir nicht, das will ich und das nicht", doch das ist nicht über die Liebe...

Ich liebe dich nicht, weil an dir nichts besonderes ist, was einen anlockt und anzieht, wie ein stürmischer Fluss, wie eine schöne Melodie...Es fasziniert, man möchte sich davon nicht trennen. Und damit, wenn man auf den Auserwählten schaut, das Herz so sehr klopfen soll. Und dann geschieht das Glück, wenn nicht zu lieben schon nicht möglich ist, wenn du liebst, dann für jedes Detail und einfach so.

Es geschieht also das, warum du als Bote des Schöpfers auf die Erde gekommen bist. Du liebst einfach. Wenn der Körper es möchte, erstarrt die Seele, und der Verstand weiß: für immer, ewig. Und du bist wie ein Splitter. Es schmerzt, und versuche den Splitter nur loszuwerden...Weißt du, das ist der selbe Moment, wenn es an der Reihe ist zu sagen: „Für mich eine Kutsche, Kutsche...Good bye my love, good bye..."

Vlad blieb nicht in meiner Schuld und legte mir alles dar, was er von mir dachte:

„Du denkst, du bist wundervoll, du bist die einzige, wegen der man alles im Stich lassen soll? Du bist doch genauso wie ich. Jung, schön, klug...Wenn du dich selbst verwirklichen willst, dann lebe für dich selbst. Und jeder Mann braucht eine den Ehemann liebende Frau, eine gute Hausfrau und sorgende Mutter. Und du bist eine Karrierefrau, deine Zukunft ist bei einem solchen Zugang zum Leben ein erfolgreicher Büroarbeiter, der einmal in der Woche Liebe mit dem Chef macht. Und an Wochenenden fährst du ins Altenheim mit deinem coolen Auto zu den Eltern, und zum Geburtstag schenkst du ihnen wundervolle Schaukelstühle? Langsam wirst du von allen enttäuscht. Und dein einziges Mantra ist: „Alle sind Deppen...alle sind Lumpenpack."

Und dann geht es los. Streits und Ärger hatten wir bei jeden Anlass: unser Charakter ist nicht aus Zucker. Wir hielten uns zurück wenn Gäste da waren, in der Kirche und im Hotel. Und sollte man nur für eine Minute allein bleiben, skandalisierten wir. Mit wem möchte ich den Rest meines einzigen Lebens verbringen? Mit einem Weib in der Hose, einer Hysterikerin? Nein danke, ich lebe auch alleine nicht schlecht. Nach den Treffen mit solchen Typen, fällt der Wunsch zu heiraten und Kinder zu bekommen, auf Null.

Besser, ich genieße selbst das Leben...

Und wenn man auf Polina blickt, sieht man eine ganz andere

Geschichte. Um glücklich zu werden, muss man alles andere weg lassen, was in deinem Leben vor dem Treffen war, nicht zurück zu blicken und nicht in die Zukunft zu sehen. Und dann kann man leben, Seele mit Seele...

Die Hochzeit wurde gefeiert, es wurde getanzt und gesungen. Ich vergnügte mich auch und bemerkte sogar nicht, wie Vlad verschwunden war, weil er eifersüchtig war auf den Vater der Braut. Roman Vladimirovich lud mich zum Tanz ein und wir kamen ins Gespräch:

„Meine Tochter ist eine Schönheit. Und der Schwiegersohn ist gut: der liebste Mann der Tochter. Nun werden wir auf Enkelkinder warten...Wir werden helfen, die Kinder groß zu ziehen."

„Unglaublich! Sagen Sie, als Polina und Ihre anderen Kinder jünger waren, täuschten sie sich in ihren Partnern, waren sie mit Nicht-Liebenden zusammen?"

„Das alles war!"

„Wie hat man es bloß geschafft, zum Glück zu kommen, wahre Begleiter zu finden, die Liebsten?"

„Ich sagte ihnen einfach, dass ohne meinen Segen und den Segen der Mutter, sie das Haus nicht verlassen dürfen und auch keine Narren ins Haus bringen dürfen. Und man soll nur aus vornehmen Familien einen Begleiter auswählen, wo die Familie voll ist, wo man sich gegenseitig respektiert, die Traditionen befolgt, auf den Vater und die Mutter hört. David erkannten wir seit dem ersten Treffen als den unsrigen an. Ich wünsche ihnen den besten Rat und die Liebe. Als ich sie segnete, erzählte ich den Kindern, dass die Menschen unserer Generation sich zu allem sehr anständig verhalten: wenn irgendetwas kaputt geht, schmeißt man es nicht weg, sondern man repariert es. Man rennt nicht auf die Suche nach einem neuen Menschen, wenn irgendetwas nicht so läuft. Sie leben einfach zusammen."

„Wie viel Geduld und Weisheit benötigt man dafür?!"

„Die Liebe finden selbst die Entscheidungen. Das wichtigste ist es zusammen zu bleiben, wie Finger in einer Faust."

So feierte man weiter Hochzeit und die Gespräche über das

Leben, Glück und die Liebe flossen dahin wie ein Fluss. Und nachts blieb ich alleine mit meinen Gedanken. Und da dachte ich, das Leben geht vorüber, neue Menschen betreten es und verlassen es wieder. Und alles ist so wie es nicht sein soll. All diese Freuden, Treffen, Gespräche sind ein süßer Traum. Und nun ist Nacht. Alle schlafen. Nur ich nicht. Und ich verstehe, dass die Jugend vorbei geht und ich bald eine einsame Alte sein werde. Und keine Millionärin: alles aufgegessen, ausgeborgt, durchlebt. Im Allgemeinen hätten auch riesige Ersparnisse nicht vor der Wahrheit des Lebens gerettet...Und dann schlief ich ein. Ich erwachte vor Glück und dem Gefühl, dass dich eine schlafende, männliche Hand umarmt...Das bedeutet, dass man auch im Schlaf dir treu ist. Und was braucht man noch zum Glück. Das Glück ist eine solch seltsame Sache, wenn es das nicht gibt, dann steht es dir noch bevor.

Ich war glücklich über den Anzug Vlads, doch ich blieb und vor mir acht tage in Schottland. Am Abend wurde ich und der ältere Bruder Davids, Peter, abgeholt, zu Polina und David. Von der ersten Minute des Treffens auf der Hochzeit, wandte Peter seine Augen nicht von mir ab. Er war geschieden und lebte in Frankreich. Doch wie es schien, wollte Polina ihn für seine Schwester warm halten. Und schon wieder wurde das Glück weg genommen, obwohl es möglich war. Und sofort verblassten die Farben Schottlands und mir wurde unbehaglich und kalt. Und ich bemerkte sofort, was mein Leben nicht wärmer und schöner machen kann...Der Kamin wurde nur Abends angezündet, die Heizungen wurden ausgemacht und nur angemacht wenn es notwendig war, genau so das heiße Wasser... Und ich fror die ganze Zeit. Mich retteten die Ausfahrten in die Stadt für Exkursionen und Shopping, sowie die britischen Katzen, die auf dem Cottage Polinas und Davids lebten. Und wirklich, die Europäer lieben ihre häuslichen Vierbeiner mehr, als die Menschen. Die Katzen wärmten wie Plüschtiere meine Seele. Ich traf davor keine Katzen, die sich so viel streicheln ließen und die so faul waren, wobei in meinem Leben immer Kater anwesend waren. Und ich empfinde zu ihnen allen angenehme Gefühle und erinnere mich an sie. Und abgesehen davon, dass ich in einer tollen Gesellschaft war, fühlte ich mich trotzdem einsam. Mich beflügelte ein wenig die Fahrt in die Hauptstadt Schottlands, in die Stadt Edinburgh, wo man uns mit unserem befreundeten Stürmer absetzte.

Um ehrlich zu sein, beeindruckt mich London mehr. Edinburgh schien grau und trüb zu sein, und das Spiel der Dudelsackpfeifer machte mich schläfrig. Meine Seele wurde vom Schloss in Edinburgh wachgerufen, der im grünen Dickicht verschwand, sowie die Brücke über den Fort, eine riesige, weltliche Errungenschaft. Was Männer betrifft, das Objekt meiner Betrachtung, in Großbritannien sind die Männer stattlich, edel…Ich beobachtete mit Vergnügen die Vertreter des männlichen Geschlechtes in London, sowie auf der Hochzeit Polinas und Davids, und in der Stadt, in der sie lebten. Man kann sie nicht schön nennen, doch man kann in ihnen das Adelsblut sehen. Es sieht so aus, dass wenn man mit einem Briten verheiratet ist, so steht man hinter einer Steinmauer: echte Ritter in der Rüstung.

Und Polina, sagen wir, hatte Glück, die Auserwählte eines Schotten zu sein. Und ich liebte es in ihrer Gesellschaft zu verweilen.

Eines Tages gingen wir mit unserer Clique in die sommerliche, königliche Residenz „Balmoral", verbrachten einen tollen Tag am Fluss Di in der Atmosphäre eines altertümlichen Schlosses und eines Fichtenwaldes. Die trunken machende Luft und die Frische des Wassers erfüllten uns mit Güte, beflügelten uns und erfüllten und mit Träumen und Hoffnungen…

Meine Rückfahrt nach Almaty feierten wir in der Diskothek. Es war laut und fröhlich. Von dem Guinness strömten die Lieder wie ein stürmischer Fluss, und wir sangen so laut und herzlich, dass im Flugzeug, auf dem Weg nachhause, ich feststellen musste, dass ich meine Stimme in Schottland gelassen habe. Und es war gut, weil ich so eine Pause machen konnte, schweigen, um zu verstehen, wie glücklich ich bin, darüber ein neues Land kennen gelernt zu haben, so wie neue Freunde getroffen zu haben und mich von denen verabschiedet habe, die meinen heutigen Tag hätten verderben sollen. Es gab etwas, woran ich mich erinnern durfte. Doch nach einer Woche kehrte die Stimme zu mir zurück und das erste, was ich meinen Kollegen erzählte, waren die schottischen Traditionen. Und ja, mich quälte immer noch die Frage: „Peter und alle auf der Hochzeit versammelten schottischen Männer – zogen sie Unterwäsche unter ihre Kilts an oder nahmen an der Hochzeit, wie gewohnt, ohne Unterwäsche teil? Denn es war gar nicht so warm und man hätte die Glöckchen abkühlen können. Der starke Wind erreichte sie nicht, sonst hätte man viel zu lachen....Im Leben gibt es immer einen Ort für Humor.

Das Licht des Weihnachtsfestes

Ich kann weder den Monat noch das Jahr vergessen, als Santa Claus mir einen Kuchen brachte, als ich das fand, was ich so lange gesucht habe...Ich erzähle es...Und ich beginne am Anfang...

Es begann alles damit, als ich mir ein Neujahrskleid aussuchte, in meiner geliebten, französischen Boutique. Luftschlangen, ein Weihnachtsbaum, Elch-Schmuck. Santa betritt den Raum und zielt auf mich mit einem Schneeball, er lenkt meine Gedanken von dem kooperativen Abend, in das Land wo der Geist von Weihnachten lebt und Santa Claus bereits seine Geschenke hingelegt hat in Schachteln und er bereitet sich vor für die Bescherung.

Ich möchte auch ein Geschenkt vom heiligen Nikolaus!

Doch wie viele Kooperativen hatte ich in meinem Leben!? Und es ist nach jeder die selbe Finale: das Essen ist aufgegessen, der Alkohol ausgetrunken, der Schnee verschwunden, weil bei uns alles anders ist.

Du tauchst ein in das Neue Jahr, das Jahr der Ehrlichkeit vor dir selbst, wo ich mir selbst ein Richter sein werde: ich bin nicht gut genug, um einen Antrag von meinem Liebsten zu bekommen; bin nicht professionell genug, um eine neue Beförderung zu bekommen, es gibt keine Mittel für den Kauf von neuen Wohnungen...Und wie viele diese Neins und Neins... Und ich möchte so sehr Santa treffen, um endlich alle Geschenke des Schicksals zu bekommen, und alle Neins in ein Ja zu verwandeln. In mir lebt noch jenes kleine Mädchen, das unbedingt glücklich sein möchte.

Denn das Glück floss in der Kindheit wie ein Fluss, als zu Neujahr mich unter dem Baum die Puppe Dascha erwartete, mit lebendigen Augen, riesigen Wimpern, üppigen Händchen, einem Schnuller in dem Mund, und ich war ihre geliebte Mutter: ich wickelte sie, nähte ihr Kleider, fütterte sie und sprach mit ihr, wenn Mutter auf Dienstreise ging.

Und ich fühlte mich, als wäre ich weg gefahren und flüsterte ihr zu:

„Uns beide wird nichts trennen. Wir werden immer zusammen sein in diesem Leben und im nächsten. Und wenn du heiratest, werde ich Enkel haben..."

Und von diesem Gespräch wurde ich noch glücklicher, als ich mir vorstellte, wie meine große Familie am Kamin sitzt... Ich stricke Hausschuhe, und die Tochter-Puppe versteckt sich hinter dem Tannenbaum. Und dann werden wir diesen gemeinsam schmücken, Kugeln aufhängen, Weihnachtsketten und Lametta. Wir werden Ingwerkekse backen, Brötchen mit Zimt, mit Großmutter Vera, und Lieder singen über den Weihnachtsbaum, in der Erwartung der Mutter...

In meiner kindlichen Perspektive stellte ich mir immer die Puppe als Mutter vor, mich selbst als Großmutter, viele Kinder, meine Großmutter Vera als Urgroßmutter. Und nun verstehe ich, dass es an der Zeit ist, die Geschichte zu korrigieren. Denn wir leben nicht in den Kriegsjahren. Wo sind nun all die Männer hin? Ich malte mir die Zukunft in meiner Kindheit aus... Ohne Männer...eine wunderschöne weibliche Gesellschaft...

Und woher kommen dann die Urenkel, wenn es in meinen Träumen keine Männer gab?

Das Theaterstück schreiben wir unbedingt um. Nur benötigen wir Helfer dafür. Hilf uns, Nikolaj du Wundertäter, hilf uns Heiliger Nikolaus, hilf uns Santa Claus. Klopfet an, so wir euch aufgemacht...

Vieles, was ich bereits weiß, sollen die Kenntnisse mir helfen. Ich bin offen für Veränderungen. Wie sagt man so schön, soft skills in der Handlung. Nur welche Männer wir in unser Leben rufen müssen, habe ich bis jetzt immer noch nicht geklärt: diejenigen, die ich auf meinem Lebensweg traf, passen nicht in die Rolle der Zauberer, welche Glück bringen sollen. Und nun bin ich auf dem Weg zu Santa mit einem Zauberwort:

„Hilf mir bitte." Ich rolle die energetischen Kugeln in den Händen, reinige mich selbst mit diesen wie mit Kristallschnee und lasse sie wie Schneeflocken in den Raum, den Weg reinigend für das Treffen mit Santa. Und ich stelle mir sogar vor, wie Santa und ich uns an einen Tisch setzen und mein Glück etappenweise aufschreiben, denn alles was man mit einer Feder aufschreibt, kann man nicht mit einer Axt abbrechen.

Wort – Handlung – Ergebnis.

Der Geist von Weihnachten lag bereits in der Luft und deswegen flog meine Bestellung zu Santa sofort. Die Stewardess gab uns allen Geschenke. Die Bekanntschaft mit einem Mann im Flieger versprach einen wunderschönen Urlaub.

„Nikolas", stellte sich der neben mir sitzende Mann vor, „Ich kehre zurück nach Bari nach einem langen Abenteuer durch den Osten. Die östlichen Handlungen sind der Schlüssel zu Veränderungen. Das Glück kommt zu dem, der warten kann."

„Mmmh, und ich fliege zu Santa Claus für die Geschenke des Schicksals .

In Europa beschenken die Santa Klause alle sehr üppig..."

„So ist das. Ich lebe in Bari, in Italien, wo man sich der Kraft des Heiligen Nikolaus hingibt. Doch nach einem Schritt in meine dreißiger Jahre, begab ich mich auf die Suche nach der Wahrheit in den Osten."

„Und ich fliege vom Osten in den Westen. Weihnachten ist die Zeit der Geschenke. Ich glaube daran, dass ich die aller herzlichsten Geschenke bekomme."

„Man sagt, dass die Wunder in uns leben. Man muss nur auf sein Herz hören...Santa wir euch helfen.

Doch erinnert euch daran, bevor ihr Geschenke von Santa bekommt, wird er euch testen, eure Geduld und die Kraft des Geistes. So sind die Gesetze der Wahrheit: Bevor du es bekommst, gib es her. Und erinnert euch an das Gesetz der Wahrheit. Das fundamentale Prinzip der allgemeinen Gesellschaft wird durch die moderne Wissenschaft eröffnet.

Der Mensch und das Universum sind ein ganzes auf dem subatomaren Level, und die Natur des Menschen zeigt sich durch den Raum und die Zeit. Ich höre euch immer, wenn ihr an mich denkt. Und Nikolaj der Wundertäter wartet immer auf jene, die sich auf die Suche nach sich selbst und dem Sinn des Lebens begeben. Herzlich willkommen in Bari.

Nikolas und ich haben uns erst kennen gelernt, doch ich hatte das Gefühl, als kannten wir uns eine Ewigkeit. Es ist interessant: er ist Italiener, ich bin aus Kasachstan.

Wir unterhalten uns in der internationalen Sprache – dem Englischen, doch verstehen wir uns auch so.

Und man hat das Gefühl, dass der Flieger, unser Transportmittel, wie ein Auto ist. Und wir leben nachbarschaftlich. Na und – nur ein Umstieg in Amsterdam oder Frankfurt und wir können uns wieder unterhalten.

Wir tauschten unsere Handynummern aus, die Kontakte in den sozialen Netzwerken und trennten uns. Ich kam mit einem Zweck, und Nikolas eilte auf den Transitflug nach Bari-Paleze.

Ich erwartete mit Nachdruck das Treffen mit dem weihnachtlichen Amsterdam, doch die Stadt beeilte sich nicht, sich mir zu öffnen. Wie Nikolas voraussagte, bevor man etwas bekommt, muss man etwas hergeben. Das erfuhr ich bereits bei der Ankunft auf dem Flughafen in Amsterdam. Eine nervige Dame bei der Passkontrolle deutete meine Euphorie über das Treffen mit der Hauptstadt der Niederländer auf ihre eigene Art. Sie rief den Polizisten und dieser führte mich in sein Kabinett.

„Das Ziel ihrer Reise?"

„Weihnachten feiern, Urlaub, Treffen mit Santa Claus", antwortete ich mit reinem Herzen, ganz ehrlich.

„Das habe ich mir so gedacht. Das heißt sie kommen, um spazieren zu gehen..."

Vor Wut und Beleidigt sein verschluckte ich meine Zunge: hielten sie mich für eine Nutte...

Ich verstand, dass ich zu ehrlich war. Doch das war doch der Rat von Santa Claus: öffne dein Herz. Ich wollte nun gar keine Wunder. Das beste Wunder ist, wieder zuhause zu sein. Und das Neujahr so feiern, wie wir uns daran gewöhnt haben: mit dem Salat Oliv'e, dem Hering unter dem Pelzmantel und dem Film „Ironija Sud'by ili s lögkim Parom" und mit endlosen Anrufen der Freunde, Kollegen, Mutter, denen , die einem nah sind, die mich sofort verstehen.

Während ich von dem Rückflug träumte, lud der Inspektor für das Gespräch mit mir eine russisch sprechende Übersetzerin ein. Sie telefonierten zusammen mit den Hotels in den Städten, in denen ich Halt machen sollte und informierten sich bei der Rezeption über mich, sie überprüften meine Kreditkarten und beäugten mich mit solch verdächtigen Blicken, die ich nie in meinem Leben gesehen habe...

Das war eine ernste Probe für die Robustheit. Die Tränen liefen den ganzen Weg, den wir zum Hotel fuhren. Der Fahrer beruhigte mich, sagte, dass man die Dokumente immer unterschiedlich prüft: so ist die Arbeit bei der Passkontrolle. Doch nichts beruhigte mich. Die Fahrt steht unter schlechten Sternen, und ich strich den Haag, wohin ich fahren wollte, um Freunde zu besuchen. Und all die restlichen Tage verbrachte ich in Amsterdam.

Die Stadt begeisterte mich und schockierte mich zugleich. Lieblich fand ich die bunten, schwimmenden Häuser auf den Kanälen, schockiert war ich von den Coffeeshops, eine grenzenlose Erlaubnis, die das Rauchen von Marihuana einbegriffen.

Mich faszinierte die Straße der „Roten Laternen," wo ich mit offenem Mund den Priester der Liebe betrachtete, in Unterwäsche auf der anderen Seite von mir. Vitrinen, die beleuchtet wurden mit roten und blauen Neonlichtern. Ich tauchte in die Welt der anzüglichen Liebe ein, die Hauptsache war, nicht zu verwechseln: hinter der roten Vitrine erwartet den Klienten eine Frau, hinter der blauen ein Transsexueller. Hier ist die Freiheit der Wahl in der Handlung und nichts Menschliches ist den Menschen fremd: Jeder trifft seine Wahl. Und ich werde nicht urteilen: jeder hat seine Wahrheit. Und ich fahre fort, in die Stadt einzutauchen mit einem Wunsch: Santa zu treffen, der schon weiß, was mich glücklich macht. Ich bemerkte, dass alles in meinem Leben immer gleichzeitig geschieht und nach dem besten Szenarium. Das wichtigste ist es, sich in den Prozess einzuschließen, beobachten und annehmen. Doch man kann nicht immer die Emotionen zurückhalten, wenn irgendein testdrive all meine Erwartungen übersteigt. Das nördliche Venedig härtete mich ab. Mit meiner Zärtlichkeit zierte sich niemand. Niemand sorgte sich um meine zärtliche Seele und um mein Verständnis von Bescheidenheit.

Schon allein das Sex-Museum öffnete unbestimmte Emotionen! Und nun sehe ich in Wirklichkeit: direkt am Eingang begrüßt mich eine ulkige Wachsfigur – ein Mann mit Hut und Mantel, der pfeift, und die Neugierigen, wie ich es bin, reagieren auf das Pfeifen, drehen sich um. Und dort ist eine Überraschung: der Mantel geht auf und die Besucher werden zu zeugen einer Szene – im Negligee des Mannes hebt sich etwas... Wie soll man sich hier nicht wundern, sich kaputt lachen und in die Tiefe des Museums weglaufen. Und dort stehen Exponate, die noch cooler sind als der Pfeifer. So etwas vergisst du nicht. Ich reanimierte mich im Van Gogh Museum, Reiks-Museum und dem historischen Museum der Stadt. Hier nahm ich Freudexplosionen wahr, als ich über die Geschichte der Stadt und des Landes erfuhr, und ich reiste mit anderen durch das goldene Zeitalter.

Und obwohl das Leben von öffentlichen Personen oft voller absurden und komischen Fakten ist, beruhigte mich das und bekräftigte in mir das Verständnis vom Sinn des Lebens: es ist alles nicht so einfach, wie man es haben möchte, es gibt ein

Geheimnis des Lebens, das man nicht erkennt, sondern nur mit Dankbarkeit annehmen kann.

Ich ging auf märchenhaften Straßen spazieren, von den Balkonen der Häuser hingen Girlanden herunter, die Fenster hatten keine Vorhänge. Und ich beobachtete mit Vergnügen das Leben hinter den Fenstern, und fühlte mich gleichzeitig in mehreren Sujetlinien.

Da trinkt man hinter dem Fenster Tee, hier sitzt man einfach, schaut aus dem Fenster, hier ist Bewegung, Bewegung...Ja, das Leben ist Bewegung...Ich gehe den Kanal entlang durch die Stadt, an mir fahren Fahrräder vorbei, interessante Pärchen: gleichgeschlechtliche Ehen sind hier erlaubt, seit dem Beginn des zwanzigsten Jahrhunderts...

Die Weihnachtsstimmung durchdrang mich: das Aroma vom Gebackenen, heiße Schokolade, Miniaturpfannkuchen – Poffertje, Pfefferkuchenhäuser...

Ich vergaß die Schrecken am Flughafen und genoss das nördliche Venedig, wo es selbst im Winter regnen kann, doch die Stimmung ist immer orange...

Und in einer solchen sonnigen Weihnachtsstimmung, traf ich Santa.

Ich traute meinen Augen nicht...ich betrete das Hotel und an der Rezeption sitzt Santa höchstpersönlich. Er nennt meinen Namen und reicht mir ein Geschenk: Ein Schokoladen-Waffel-Haus, einen Weihachtbaum mit Schmuck und heiße Schokolade. Die Emotionen springen umher, ich habe sogar vergessen, dass ich mich mehrere Jahre auf das Treffen vorbereitet habe und sogar ein Brief mit einer Bitte an Santa geschrieben habe...Santa zieht die Mütze und die Maske aus. Und ich bin nicht schüchtern, werfe mich ihm um den Hals.

„Nikolas, wie hast du mich gefunden?"

„Das Herz ist wie ein Navigator. ES weiß alles. Ich wünsche dir, dass du dich immer und überall daran erinnerst, dass du eine Frau bist und deine Aufgabe darin besteht, aufzublühen, dein Sein zu eröffnen. Und die Liebe, Reinheit und Zärtlichkeit deines Herzens helfen dir dabei. Und noch wünsche ich dir Mut bei all deinen Wünschen. Und wisse: Das Universum ist bereit, diese zu erfüllen: denn es ist allmächtig! Ich liebe dich mit dem ganzen Herzen!"

Ich schloss vor Glück die Augen, und als ich sie öffnete...

Auf dem Tresen der Rezeption stand ein Keks-Haus und lag ein Brief.

„Happy Christmas, life is a miracle", las ich, drückte es an mein Herz, nahm von dem Rezeptionisten das Haus aus Schokolade und stieg in mein Zimmer. Das war eine zauberhafte Nacht. Ich träumte von Mama, die mich wie eine Braut ankleidete, von Großmutter Vera, die mir Volkslieder sang. Und Nikolas und ich sind in der Stadt Bari, im Tempel des Nikolaj des Wundertäters, den Schutzpatronen der Matrosen, Kinder, Händler, Abenteurer und unverheirateter Frauen. In Wahrheit sind die Wege des Allmächtigen unergründlich...Und es kann alles geschehen, wenn das Herz sich öffnet und genau weiß, was es will...Doch der Morgen ist weiser als der Abend. Wohin die Nacht, dahin auch der Traum. Das waren zauberhafte Weihnachtstage. Ich sagte die geplante Fahrt zu den Freunden in den Haag ab, weil man die glücklichen Tage in der Stadt der Liebe, in Paris, verbringen muss. Das war der Wunsch meines Herzens....Wie eine Königin, kam ich am Flughafen an. Und die Geschichte mit dem Inspektor, der meine Dokumente untersuchte, wiederholte sich, ich wurde wieder mit „der Fratze in den Dreck gedrückt".

Das Gesetz des Universums funktionierte: das, was ich bei der Ankunft nicht mit Dankbarkeit annahm, wiederholte sich bei der Abfahrt. Bei der Registrierung sagte man mir, dass ich meinen Flieger nicht bekomme, denn das Flugzeug sei überfüllt, abgesehen davon, dass ich das Ticket ein halbes Jahr zuvor bestellt habe.

Meine großen Tiraden an die Adresse des Managers der Tour-Firma, der sich mit meiner Reise befasste, nahmen an Kraft zu und ich wurde in ein Flugzeug eingeladen, das zu meinem großen Erstaunen halbleer war. Wie findet ihr diese Frechheit der Fluggesellschaft?

Paris begrüßte mich großzügig mit einem russischsprachigen Chauffeur, einem wunderschönen Blick aus dem Fenster, und endlich atmete ich das Aroma Frankreichs ein – ich im weihnachtlichen Paris. Bei meinem Hotel wurde ich von Freunden empfangen. Solch kleine Aufzüge habe ich noch nie gesehen: wir schafften es gerade so rein zu passen (plus der Koffer.) Und dann geschahen reine Freuden. Ich genoss jeden Augenblick. Das ist so offensichtlich, warum die Boheme des alten Jahrhunderts nach Paris kam um schöpferisch zu sein.

Ein jeder Tag war durchgeplant mit Wegen der literarischen Helden Ernst Hemingway, Erich Maria Remarques. Alles was ich in dieser Woche in Paris in mich aufnehmen konnte, machte ich mit Überfluss. Die Stadt fing mich ein, ich wollte sie nicht verlassen. Ich wachte mit Genuss auf und ging zum Treffen mit neuen Eindrücken: auf den Platz Madleine, um eine Tasse Kaffee zu trinken mit Desserts von „Fauchon", ging durch die Stadt spazieren und die Atmosphäre der Stadt im mich aufzunehmen.

Der höchste Akkord in meinem Pariser Aufenthalt war die Wanderung in das berühmte Kabarett „Le Crazy Horse", wo du anderthalb Stunden deine Augen nicht abwenden kannst von dem weiblichen Edelmut, der Schönheit des Körpers, der Manieren, der Strümpfe, der Schnüre, der Wäsche. Du genießt die Show, trinkst deinen Champagner und erfährst Freude allein deswegen, weil du eine Frau bist! Ich weder morgen besonders über dieses Thema nachdenken...Ich bin eine Frau und damit ist alles gesagt.

Beflügelt von der Reise, erinnerte ich mich noch lange an die Stadt der Liebe, und verzieh der holländischen Gastfreundlichkeit.

Nun kehre ich heim. Auf dem Flughafen noch ein Weihnachtsbaum und Santa Claus schenkt uns Apfelsinen. Und ich spüre, wie die orange Stimmung nicht von mir weicht. Die Stewardessen im Flugzeug schenken uns keramische Häuschen – als Erinnerung an die Reise. Und ich habe wieder eine angenehme Begegnung. Il'jas kehrt von einer Geschäftsreise zurück.

Ihn erwarten Projekte, Angelegenheiten. Und nun sind wir hoch über all unsere irdischen Sorgen.

Und da machte ich einen Witz: wenn du in Apfelsinen-Stimmung bist, ändert sich der Blickwinkel. Das Lächeln macht sich im Herz breit und schafft Wunder. Und du weißt genau, dass das Leben ein wahres Wunder ist. Und ich bin meinen Eltern so dankbar für dieses zauberhafte Geschenk - Leben. Und auch verneige ich mich vor Großmutter Vera für die Sorge und die Ingwerkekse, für die Geschenke und die Ringelreihen und Neujahrskostüme, die extra für mich genäht wurden. Wie viele Weihnachtsbäume gab es in meinem Leben, mit Geschenken! Und wie viele Briefe habe ich an Väterchen Frost geschrieben! Und all meine Bitten wurden erfüllt: er schickte mir Farben, Bücher, Spielzeuge und Schlittschuhe...

„Lass und das Alte Neue Jahr auf dem Medeo feiern, Schlittschuhe fahren, Kaffee trinken", fragt mich Iljas und gibt mir seine Visitenkarte. Wahrlich – das Leben ist ein Wunder! Und diese Wunder sind in der Nähe. Und ich genieße wieder den Geschmack der Lebensfreude. Und ich erinnere mich auch an die Worte von Nikolas darüber, dass ein tiefes Glück nicht existieren kann ohne Verlangsamung. Manchmal, um das Glück zu genießen, muss man stehen bleiben. In der Welt der wilden Stimulationen und der immerwährenden Bewegung kann man leicht vergessen, dass die aller einfachsten Dinge im Leben, die aller bedeutendsten sind, wenn wir unsere Aufmerksamkeit darauf lenken. So ging mein Weihnachtsmärchen zu ende. Ich bin zuhause. Mein süßes Zuhause. Es ist sehr gut hier! Ich trinke Tee mit Baursaki, schaue durch das Fenster auf die Berge und denke: „Man muss nicht warten, bis Santa Claus irgendwann kommt. Man muss gehen, zu ihm fliegen, vor allem wenn der Nikolaj der Wundersame und Nikolas auf dich warten. Die Welt der Wunder ist grenzenlos. Das Wunder ist das Leben selbst. Und morgen erwarten mich und Il'jas das zauberhafte Eis Medeo. Die Weihnachtswunder gehen weiter. Das Wichtigste ist, aus dem Haus zu gehen und ihnen entgegen zu gehen. Und noch ist es wichtig, sich zu erinnern und den Menschen für das Treffen zu danken, das uns das Universum geschenkt hat. Das ist das aller teuerste Geschenk. Und sie kommen in deine Leben, einer nach dem anderen, und beleuchten deinen Weg.

Von der Espe werden keine Apfelsinen geboren

Doch vielleicht wird sich in Petersburg alles ergeben...
Zemfira

Dass Väterchen Frost in Lappland lebt, erzählte mir in der Kindheit meine Mutter. Seitdem warte ich jedes Jahr auf ihn und die Geschenke. Als ich feststellte, dass Onkel Kostja die Geschenke unter den Weihnachtsbaum legte, klärte mich Großmutter Vera darüber auf, dass Väterchen Frost Helfer hat: das sind diejenigen, die Kinder besonders mögen. Er gib ihnen Reisepässe und bittet sie, allen Kindern Geschenke zu geben, die es verdient haben.
Als erwachsene Frau glaube ich immer noch an Wunder, und dass es Kräfte gibt, die uns helfen, glücklich zu sein, das Leben zu genießen und alles zu besitzen, worüber wir träumen. So beschloss ich, dass ich jedes Jahr ein zauberhaftes Türchen öffnen kann, und zwar von einer der Weltstädte und die Besonderheiten dieser Städte zu genießen. Ihre Desserts, Schätze, und das Kennenlernen mit den Bewohnern der auserwählten Stadt.
Meistens verliebte ich mich in sie. Und er zieht in mein Herz ein. So geschah es auch mit der Stadt an der Newa...Darüber, dass ich die Neujahrsferien in ST. Petersburg verbringen möchte, informierte ich meine liebste Freundin Asja. Ich rufe sie an:
„Lass uns gemeinsam streiten!"

„Wohin?"

„In den Dezember."

„Und was wird geschehen?"

„Vor uns ist das Vorneujahrsgetümmel, Museen, Restaurants, Gespräche über die Seele und vieles vieles mehr. Ich mache dich bekannt mit all meinen Freunden, und du mich mit deinen. Und wir werden eine wundervolle Neujahrsgesellschaft haben. So geschah es auch. Am sechsundzwanzigsten Dezember landete ich wie eine himmlische Fee in St. Petersburg. Und Asja und ich tauchten sofort in die Vorneujahrsatmosphäre der Hauptstadt ein. Alle Gedanken und Angelegenheiten lösten sich irgendwo auf, und ich fühlte mich wie eine Adlige, die das Leben genießt. Fast alles kreiste, sprang in meinen Kopf und lud ein zum Spazierengehen. In Petersburg muss man tags und nachts spazieren gehen: jeder Schritt und jeder Blick – sind eine Kultur für sich:

„Давно стихами говорит Нева.
Страницей Гоголя ложится Невский.
Весь Летний сад – Онегина глава.
О Блоке вспоминают острова.
А по Разъезжей бродит Достоевский..."

Die nördliche, russische Hauptstadt ist wahrlich ein Fenster zu Europa: die Hand der europäischen Architekten zeigt sich in den Architektur-Ensembles, im Geiste der Stadt an der Newa. Asja und ich sitzen im Cafe „Singer"...Das wundersames Gebäude von dem Beginn des zwanzigsten Jahrhunderts steht auf dem Newskij Prospekt. Von dessen Fenstern hat man einen schönen Blick auf den Kazanskij Dom, und auch auf die vielen Bücherstände im Inneren des Komplexes, die meine Aufmerksamkeit auf sich zogen. Natürlich verließ ich diese boheme Einrichtung nicht ohne Bücher: Die Milchbrötchen haben Zeit, die Bücher nicht. Ich liebe es zu lesen, zu schreiben und meine Seele zu öffnen...Doch jetzt erkläre ich meine Liebe zu Petersburg. Worüber flüstert die Seele?

Petersburg ist ein raffinierter Dandy, mit dem du edelmütiger, asketischer wirst, beginnst anders zu denken. Übrigens, als ich nach dreizehn Jahren nach Petersburg zurückkehrte, verstand ich sofort, worin es sich von der realen, russischen Hautstadt Moskau unterscheidet: In Petersburg kann man leicht denken und sich erholen; in Moskau, abgesehen, von seinem Kaufmannsgeist (Piroggen, Blinis, Baranki), fühlst du dich beladen, eilig, es ist unmöglich sich zu erholen – die Eile eilt ...

Petersburg ist eine Stadt von nicht irdischer Schönheit. Der Schlossplatz, der Alexandrinische Pfeiler, das Winterpalais, die Kolonnen der Admiralität...Wie schafft man nur so viel Schöpfung zu erschaffen auf einer Fläche?! Großartig und gleichzeitig rührend. Von dieser Vollkommenheit stockt der Atem. Weißt du, Petersburg hat eine Seele, dort können sogar die Steine zuhören.

Ja ich komme dort an, und dort kann ich besser leben, mich verstecken,
und trauern.

Sein Wasser ist für mich lebendig, in seinen Bussen und Trams Fahre ich weg von meinen Sorgen, um sein warmes Licht zu spüren (Emma Men'shikova)

Und ich tauche in dieses Licht voll ein. Nun bin ich auf der Ausstellung der Legenden von Montparnasse, von Modigliani bis Soutine, die im Museum „Faberge" statt findet und die Atmosphäre von Montparnasse in den Jahren des ökonomischen Wachstums nach dem Ersten Weltkrieg wiedergibt, als die Kunst sehr populär wurde. Auf dem Montparnasse blühte die freie Liebe und die unabhängige Kunst.

Wie der Künstler Fernand Leger schrieb, hebt der Mensch endlich den Kopf, öffnet die Augen, schaut vor sich, schüttelt die Bedrückung ab, gewinnt den Geschmack des Lebens, dürstet nach einem Tanz, im ganzen Gang zu stampfen, brüllt auf, verschleudert...

Schon wieder bekomme ich dieses leichte Empfinden und

ich verbringe meinen Abend in einem Nachtclub, wo Arbenina singt. Wie nah sie mir doch ist. Obwohl sie nicht mal ein Make Up hat, keine Manieren, sogar keine Weiblichkeit. Doch es gibt sie wieder – die Freiheit, ohne Verschönerungen. Und ich möchte dadurch die Wahrheit erfahren.

Sie ist mir nahe, weil sie Gedichte schreibt, durch das Wort die Wahrheit erkennt, durch die Musik: Vokal, Gitarre, Akkordeon... Von ihr empfängt man einen unendlichen Drive. Ihre östliche Philosophie ist mir vertraut:

Der Weg ruft mich zu Abenteuern

Der Asphalt ruft mich irgendwohin...

Ja der Weg kommt von nirgendwo und geht ins nirgendwo. Wir bewegen uns ständig auf diesem Weg, denken ständig, bewältigen ständig etwas...

Und wir verstehen wenig im Leben, weil diese nirgendwo her und nirgendwohin, einen riesigen Raum darstellen und wegen ihrer Größe sind sie nicht zugänglich für den menschlichen Verstand. Und deswegen teilen wir unseren Weg in Stücke und konkrete Orte, dorthin wohin wir gehen, was wir anblicken, worauf wir uns konzentrieren. Nun bin ich in der Ausstellung der kaiserlichen Ostereier „Faberzhe" (eine Schöpfung der Hände Karls Faberzhe). Und wirklich ist das königliche Museum großartig, faszinierend, die Aufmerksamkeit anlockend.

Die Genauigkeit des Juweliers sowie die Einzigartigkeit der Kunstwerke überwältigt mich. Dazu kommt, dass ich bereits in London und Moskau mich von der Kunst des Hauses „Faberzhe" begeistern ließ. Ich war besonders froh darüber, dass ich in Petersburg direkt im Zentrum, am Ufer des Flusses Fontanka, gewohnt habe. Aus dem Fenster hatte man einen wundersamen Blick auf die Stadt. Ich sprach direkt bei der Ankunft mit Asja ab, dass ich erst zum Neujahrsfest zu ihr nach hause komme, und die ganzen Tage werde ich mich selbstständig durch die Stadt bewegen.

Die Boulevardpresse wärmt immer das Interesse auf zu berühmten Persönlichkeiten. Und ich war keine Ausnahme, war neugierig auf die Favoritin des Roman Abramovich, zuerst besuchte ich in Almaty die Vorstellung „Gala Etualej „des Marinskij Theaters" von Diana Vishöva, und bei meiner Ankunft in Petersburg begab ich mich in das „Neue Holland", in „Die Flasche", wo dank der Bemühungen von Abramovich, ein Ballettstudio eröffnet wurde „Cotext Pro" für Diana Vishnöva: wohin die Aufmerksamkeit geht, dort werden die Wunder erschaffen...auf dem riesigen Territorium des ehemaligen Marineministeriums, in der Filiale des Moskauer Museums der zeitgenössischen Kunst „Garage" und im Gebäude „Die Flaschen."

...Die Blicke waren überwältigend! Die Atmosphäre des Neuen Jahrs fügte Charme hinzu. Der Weihnachtsbaum und der Schmuck, die Atmosphäre einer Kirmes, die Weihnachtslieder, erinnerten mich an meine erste Fahrt nach London zu Weihnachten und riefen Nostalgie hervor. Ich weiß, dass ich mich später auch mit Liebe an Petersburg erinnern werde. Wie soll es anders sein, wenn jeder Schritt einem den Atem raubt, vor Begeisterung.

Nun bin ich in dem „Schloss der Jusopovyh auf der Mojka." Und schon wieder die Begeisterung, das Überwältigt sein von der inneren Ausschmückung, der Größe der Dynastie, der Geschichte der Familie, Luxus, das Pompöse.

Der Kopf drehte sich, der Atem stockte, ich war beeindruckt bis zum Ende der Reise, erinnerte mich an das Gesehene.

Die stärksten Erwartungen hegte ich an die Wanderungen in das „Marinskij Theater" (auf die historische Szene) zum Ballett „Der Nussknacker" und ins BDT Tovstongonovs zum Theaterstück „Krieg und Frieden", in dem die charismatische Alisa Frejndlich die Hauptrolle spielte, sie war auch mit ihren dreiundachtzig Jahren anziehend. Sie unterhält sich immer mit Vergnügen mit den Zuschauern. Und wie stimmig sind für mich ihre Worte über das Glück:

Das Glück, bedeutet zu lieben. Doch wenn die Liebe nicht erwidert wird, kann man es natürlich nicht Glück nennen, doch im Inneren ist es doch Glück, denn es ist immer wohlklingender, vorteilhafter, wichtiger, zu lieben als selbst geliebt zu werden. Die Geliebte zu sein ist gut, doch zu lieben, das ist eine Bewegung in deinem Inneren, die Bewegung deines Seins.

Ich bin auch mit dieser Meinung einverstanden:

Zu lange in der Erwartung da zu sitzen, schickt sich irgendwie nicht.

Das ist verschwenderisch und ungerecht gegenüber dem eigenen Schicksal...

Doch in diesem Fall wurden meine Erwartungen erfüllt, und solche Treffen sind meinem Herzen sehr teuer. Ja, es gibt Menschen, deren Farben mit der Zeit verblassen, und das gibt ihnen einen gewissen Charme der gelebten Jahre. Es gibt Menschen-Inspirationen, und Menschen- Berauschung. Danke, ihr Menschen, für eure Einzigartigkeit.

Und dann fanden Treffen mit Künstlern statt...Ich war inspiriert von der Kunst Leon Bakstas, ich verschwand im Russischen Museum, wo ich die Schönheit der Werke des Meisters betrachtete und seiner Kollegen – der Künstler und Dekorateure. Wie mutig verliehen sie der Mode ein leuchtendes, östliches Kolorit. Paris zeigte sich darin und Bakst diktierte seinen Stil der Welt. Und nach dem Museum ging ich zum Abendessen in das Restaurant des Jelissejsker Supermarktes. Ich schmeckte die Eindrücke des Tages, bot mir die Gerichte nach dem Rezept der Kaufmänner Jeliseevs an, hörte Musik und fühlte mich wie eine Kauffrau oder Artistin, die die Rolle von Kleopatra spielt, der Scheherazade, der Tamara in theatralischen Kostümen von Bakst.

All meine Petersburger Tage waren gewebt aus Champagner, Euphorie, wechselnden Dekorationen. Nun bin ich in dem Haus der Ballerina Mathilda Kshenskaja, auf dem Vorneujahrskonzert der klassischen Musik von göttlichen Opernarien in der Aufführung von Laureats, ich genieße die Musik Chajkovskijs, Rachmaninovs. Puchinni u.s.w.

Und nun gehe ich durch die abendliche Stadt spazieren, im Licht der Laternen und der Neujahrsbeleuchtung, in der Gesellschaft von Asja, ich atme die winterliche Luft ein, der Stadt mit der reichen Geschichte.

All meine Eindrücke von der Stadt sind wie ein Dessert, das man nur mit einem kleinen Löffel essen kann, es schmecken, ohne sich nirgendwohin zu beeilen. Man möchte die Zeit anhalten...

Doch die Zeiger: tik-tak. Und das Neujahrsfest nähert sich... Die Zeit ist gekommen, um in der Familie der Freunde anzukommen und sich darauf vorzubereiten, das alte Jahr zu verabschieden und das Neue Jahr zu begrüßen!

Das war die Zeit von warmen Gesprächen, Erinnerungen, dem Wahrsagen, dem Setzen von Zielen, dem Aussprechen von Wünschen.

Und dies war eine wertvolle Zeit von phänomenalen Treffen. Was zwei Tage in sich vereinen konnten? Doch gerade dann höre ich:

„Ich werde mich erinnern..."

„Warum ist es so klasse in der Seele wenn ich mit dir zusammen bin – Friede und Freude.

Ohne dich steht alles wieder Kopfstand. Was soll ich tun?"

„Weil du bei dem Treffen mit mir, jedes Wort aufsaugst und nach dem Ruf deines Herzens handelst genau jetzt. Stell dir vor, dass unser Treffen ein Workshop für das glückliche Leben ist, erinnere dich an das Rezept und bereite das Menü deines Tages vor, und das jeden Tag. Du kennst die Inhaltsstoffe: Lächeln, Freude, Lachen, Humor, Stille, Ruhe, Liebe...

Und in diesem Moment verstehe ich, dass man Romane lesen oder schreiben kann, Theaterstücke ansehen und Ballett, und man kann in die Augen blicken und aus der Tiefe des Herzens lesen – drei Worte, für die das Leben lebenswert ist.

Und es gibt die Erkenntnis: das ist eine der aller schönsten Geschichten, die das Schicksal in meinem Leben geschrieben hat. Wenn du beginnst so zu leben, wie du es möchtest, das zu machen, was dir gefällt, wird alles andere zu dir fliegen mit deiner Bestellung, die du in den Himmel geschickt hast. Und dir bleibt nichts anderes übrig, als anzunehmen, sich zu freuen, das Leben zu genießen.

Ja, im Leben gibt es solche Momente, wenn es scheint, als seien wir in einem dichten Nebel, dass wir uns verirrt haben, wie ein Igel. In solchen Momenten möchte man, dass irgendwo in der Nähe ein Licht angeht und man möchte zu diesem Licht gehen, das Wärme verspricht, Sorge und Liebe. Und Petersburg zeigt uns, dass es nicht wichtig ist, ob der Himmel düster ist hinter dem Fenster, ob ein Nordwind weht, wenn du in der Seele die Erwartung eines Wunders hast und du diesem entgegen gehst, dein Leben ist wie ein zauberhaftes Weihnachtsmärchen. Und noch sprachen wir darüber, dass das Neue Jahr, eine neue Zeit bringt, die es dir erlaubt der Regisseur, Dekorateur, Schöpfer deines Lebens zu sein und selbst die Ereignisse auszuwählen. Und dafür muss man nur sieben Regeln befolgen:

Loslassen
Alles, was vor einer Sekunde geschah, ist die Vergangenheit und hat keine Beziehung zur laufenden Realität.

Beobachten
Das Leben ist im hier und Jetzt! Und um zu verstehen wie es ist, ist es wichtig stehen zu bleiben und zu beobachten.

Das Licht bringen
Eure Gedanken und Gefühle ähneln Fäden, aus denen ein schöner Stoff erschaffen wird mit kunstvollen Mustern. Je heller und freundlicher sie sind, desto leuchtender und schöner ist das Muster auf dem Stoff eures Lebens.

Auf die Seele hören
Eure Seele kennt immer eine direkte Antwort auf eure Fragen. Die Antwort ist immer in eurem Inneren.

Fokus auf das Gute
Fangt jeden Grund für das Glück auf, dann wird es zu einem untrennbaren Teil eurer Realität.

Die Intention
Die Intention ist ein feste, ruhige Entschiedenheit, die volle Bereitschaft, das zu haben, was ihr wollt. In dem Moment, wenn ihr eine Intention habt, werdet ihr nicht von den Bedingungen oder Wegen bedrückt werden, mit denen euer Ziel, sich realisieren soll. Ihr wisst einfach, dass es zu eurem Besten sein wird.

Handelt

Die Handlung ist eine Bestätigung eurer Bereitschaft zu besitzen, sie verursacht starke Energien und entfacht die Intention des Universums, und hilft euch dabei, euer Ziel zur Realität werden zu lassen. Und ich denke, uns wird nichts mehr davon abhalten, um im Neuen Jahr nach den Gesetzen der neuen Zeit zu leben.

Asja und ich öffnen das Programm der Schöpfer und bestätigen, wie uns dieses Programm bei unseren Handlungen hilft. Und hier ein Wort zum Wort: Der Mechanismus erzeugt eine energetische Verbindung eines jeden Punktes eures Seins mit der Materie. Diese Verbindung transliteriert das Gewünschte und Erdachte in die umgebende Welt. Das erzeugende System des Bewusstseins formiert euer Modul des Besitzes, welches immer schwerer wird, neue Objekte in sich baut, neue Verbindungen und neue Möglichkeiten erschafft für die materielle Entwicklung. In was für einer zauberhaften Zeit leben wir.

Wird es geschehen? Was können wir noch bis zum Beginn des Neuen Jahres aufarbeiten? Wir gehen in unser Inneres und kehren zurück mit Ausgrabungen. Beleidigt sein. Von Zeit zu Zeit besucht uns dieses Fräulein. Und da verstehe ich: Die Espe gebiert keine Mandarinen. Meine Mutter und ich sind uns die nächsten Menschen, ich bin ihre Schöpfung. Was muss ich aufarbeiten? Die Erwartungen zurückschrauben, auf irgendetwas warten, mich selbst zu erschaffen, meine persönliche Kraft wieder erlangen.

Mit der Möglichkeit der Wahl kommen viel weniger Vorwürfe an die Welt und es kommt eine Freiheit, anderen zu verzeihen, wie Erwachsene Erwachsenen verzeihen. Sie verzeihen, weil sie sich um sich selbst kümmern können, weil sie die Beschränkungen und Bedingungen anderer Menschen anerkennen. Wenn man sein Leid anerkennt, ist es ein großer Schritt, die Zeit, in der du es anerkennst, dass abgesehen von deiner schwierigen Kindheitsbiografie, die Sache nun an dir selbst liegt; nicht nur die Welt hat unrecht, doch du selbst, erwartest, das was im Theaterstück nicht geschehen kann. Und es liegt nun in deinen Kräften, das loszulassen, was nicht mehr nährt, mit deinen Beinen dorthin zu gehen, wo man das Notwendige bekommt, das Kranke heilt und mit Liebe nährt. Solcher Orte gibt es viele. Du wirst sie sehen, wenn du das Leid los lässt. Das Leid loslassen und annehmen.

Deine Mutter annehmen, das ist die Grundstufe auf dem Weg zum Erfolg. Wenn man die Mutter annimmt, ist es so, als ob man Flügel bekäme, als ob man einen großen Luftstrom ein-atmet, der es dir erlaubt zu fliegen. Wenn der Mensch damit aufhört, das Kind der eigenen Mutter zu sein, beginnt in sei-nem Leben alles in die falsche Richtung zu gehen. Wenn er die Mutter nicht annimmt, fehlt ihm die Ressource, durch das Leben leicht und frei zu gehen. Ohne Mutter kann der Mensch gar nicht gehen. Und den ersten Anruf in der Neujahrsnacht mache ich an meine Mutter. Und von diesem Gedanken leuch-te ich wie ein Weihnachtsbaum. Das Glück! Und ich habe das Gefühl, dass ich gestärkt in das Neue Jahr eintrete, inspiriert, und ich umarme alle, die in meiner Nähe sein werden, die ich an diesem Tag treffe. Die volle Abgabe an alles was geschieht im Leben, hilft den Wert des göttlichen Sinnes der eigenen Seele zu erkennen. Das ist eine wunderbare Zeit, der Rück-kehr zu dir selbst. Seid einverstanden damit, dass wir laufen und fliegen jeden Tag und uns verlieren in dem unendlichen Wirrwarr. Wir erinnern uns nicht mehr an uns selbst, daran wer wir wirklich sind und wofür wir leben. Langsam richten wir unsere Aufmerksamkeit auf Dinge, denen wir nie Bedeutung zumaßen oder die wir nicht bemerkten als wir eine neue Rea-lität eröffneten. Eine große Welt von nicht erforschten Emo-tionen, Wünsche, Gefühle und grenzenloser Möglichkeiten ist in jedem von uns. Die Aufgabe ist diese zu erlernen und zu verstehen. Denn wenn wir uns selbst gut verstehen, können wir andere besser verstehen. Und ich bin bereit einzutauchen in meine unerforschte Welt. Wie interessant es doch ist! Und schon wieder möchte ich alle umarmen, an die Hände neh-men und den Prozess beginnen: ruhiger, zauberhafter Prozess der Erschaffung der Bewegung zu mir selbst, ins Innere, in die

Tiefe des eigenen Herzens. Und nun ist der Abend des 31 Dezembers. Alle Küchen ähneln an diesem Tag einander. Wir bereiten Oliv'e zu, im Ofen eine Gans, im Kühlschrank die Torte Napoleon, wir hängen den letzten Baumschmuck, die Girlanden auf den Weihnachtsbaum, verstecken die Geschenke für einander und im Fernsehen läuft „Ironija sud'by, ili s lögkim parom."

Das Fest beginnt. Wir verabschieden das alte Jahr, machen Witze, warten auf die Glückwünsche des Präsidenten. Manchmal gehe ich zum Fenster. Dahinter weht ein Schneesturm... es ist kalt. Ich male Schneeflocken auf die Fensterscheibe und wähle eine Nummer nach der anderen: Mama, Freund...ich habe viele Freunde an verschiedenen Orten, Gesellschaften und verschiedener Lebensphasen. Wir wünschen einander: Wir alle sollen heil und ganz bleiben, damit wir uns treffen bei den Weihnachtsbäumen im Neuen Jahr in einem jeden Haus! Und die Seele wurde ganz warm von den Glückwünschen: nun zum Tanz!!! Musik, Asja, Musik. Und wir drehen uns: um den Baum herum im Ringelreihen, im Walzer, in der Polka. Wenn wir schon spazieren gehen, dann machen wir es russisch, in der Stadt des Peter des Großen. Der letzte Tanz dieses Jahres gibt mir die Möglichkeit, alles loszuwerden, was ich nicht mit mir in das Neue Jahr nehmen möchte. Die Erneuerung, ein rauschender Ozean des Lebens in meinem Inneren. „Gott respektiert dich, wenn du arbeitest, und man liebt dich wenn du tanzt..." Halbdunkeln, Halblicht, die Girlanden leuchten. Und nun ein Dialog im Tango mit ihm. Igor'? Nikolaj? Vladimir? Ganz egal. Im Tanz ein Gespräch für die Seele, und die Seele hat einen Namen: Liebe , Leidenschaft, Ekstase. Ich tanze und fühle meinen und seinen Rhythmus.

Die Energie von den aller tiefsten Levels steigt auf und das rauschende Leben feiert in uns, durch uns. Die Ekstase von der eigenen Bewegung, dem Kontakt mit mir selbst, mit ihm, mit der Musik...im Tanz wirst du – du selbst...Und danach? Die Melodie soll so lange erklingen, bis das Paar zu einem Monolithen wird. Und danach?

„Wohin fahren wir?"

„Zu mir. Du kannst schauen, wie ich lebe. Und wenn es dir gefällt..."

...Bewegung – leben! Wir treten in das Neue Jahr im Rhythmus des Tanzes, und sollen uns alle Kräfte der Erde und des Himmels helfen. Und wisst, der Tipp von Diana funktioniert: „In jeder unverständlichen Situation – fahre nach Petersburg." Meine Reise ergab sich wie nach Noten: die Seele singt. Und nun bin ich wieder am Flughafen um nachhause zu fliegen.

Hinter dem Informationstresen stand ein Engel. Ich war die erste in der Schlange. Hinter dem Rücken wieder Flügel! Lasst uns fliegen?

Die arabischen Abenteuer.

Seit einiger Zeit denke ich, dass mein Leben ein Schaumkuchen ist, zart, aromatisch, erwünscht, das allerwichtigste – es ist dual. In ihm ist alles. Und das gefällt mir. Und das aller wichtigste ist, dass wir leben. Und das Lebensgefäß mit Abenteuern zu füllen, das können wir. Die scheinen an uns zu kleben, oder wir an ihnen? Wahrscheinlich ziehen wir uns gegenseitig an. Das ist das Gesetz der Anziehung – ähnliches zieht ähnliches an. Und noch gefällt mir das Gefühl, dass zauberhafte Ereignisse vollkommen real sein können. Und deswegen versperre ich mir nicht die Wege, die selbst zauberhaft sind. Und als meine Mutter sich in die Emirate begab, waren meine Schwester und ich nicht zu halten. Man erinnerte sich an arabische Märchen – die Abenteuer Sindbads-des Morehods, Ali-Baba und die vierzig Räuber. Die zauberhafte Lampe Aladins und eine Million interessanter Fakten über das derzeitige Leben in den Emiraten ähnelt sehr in seiner Form den Vereinigten Staaten von Amerika.

Ich wollte mich sehr davon selbst überzeugen, dass die Züge in diesem Land von Computern gesteuert werden, ohne Hilfe von Zugfahrern; dass in der Freiheit große Jäger leben, sagen wir, Leoparden; ich wollte mich in der Wüste Rub-El'-Hali wiederfinden , in der die Temperatur immer über 50 Grad ist und mich in diesem menschenleeren Ort mit dem Himmel und der Erde zu verbinden, in Meditation, beobachten, wie die Sonne auf – und unter geht, und den Himmel mit bunten Farben bemalt; mich selbst verhätscheln mit Gold und Pelzen; sich an den arabischen Modepüppchen erfreuen, die moderne Designerkleider tragen unter dem traditionellen, schwarzen Kostüm (und außer sie selbst, sieht niemand diese Saisonhits); und Männer, die ganz in Weiß gekleidet sind. Wie ungewohnt das alles ist!

Doch schauen wir auf diese Paradoxien von einem guten Blickwinkel. Vor allem seitdem ich die Zeitschrift der Dankbarkeit führe, in die ich jeden Abend fünf bis sieben Danksprüche an den Tag schreibe, für seine Eindrücke, Erkenntnisse, Treffen, wurde mein Blick auf die Welt um einiges freundlicher und positiver. Ja, in allem gibt es einen rationalen Kern und einen Nutzen. Und nun bin ich in den Arabischen Emiraten. Übrigens, das ist eines der Länder, die einen gefahrlosen, Visafreien Urlaub versprechen.

Die Fahrer schließen nicht einmal ihre Autos ab und es gibt in dem Land praktisch keine Kriminalität: eine Welt, in der man sich anständig verhält. Doch interessant zu wissen, wie hierher unanständige Menschen kommen? Doch darüber später.

Angenehme Erwartungen von dem Treffen mit dem arabischen Märchen wurden von der Realität, direkt nach der Ankunft ersetzt.

Die Julihitze in Dubai setzte einen zu: man wollte das Hotel nicht verlassen und in die Stadt gehen. Meine Mutter kümmerte sich um ihre Angelegenheiten und mein Schwesterchen und ich waren uns selbst überlassen....Übrigens wollten wir uns nicht gegenseitig anschauen. Es verflog keine Minute, als unsere Hosen und Shirts an uns klebten, ein ekelhaftes Gefühl, wenn materielle Dinge versuchen mit deinem Körper zu verschmelzen und noch mehr mit der Seele...

Das war einfach nur eine Herausforderung.

Wir versuchten im Persischen Golf zu baden – eine lauwarme

Milch, und die Hitze trieb uns ins Hotel zurück.

Wir orientierten uns bald, dass man die aller leuchtendsten Eindrücke in „Dubai-Molle" bekommen kann. Die Araber lieben es auf großem Fuß zu leben: Im Handelszentrum gab es weltliche Markenboutiquen, Restaurants, Foodstores, ein Ozeanbarium. Die Unterwasserwelt des Ozeans machte auf mich schon immer einen großen Eindruck, mit ihren Korallen, den Meeresbewohnern, doch diese ganze Welt in einem Ozeanbarium zu beherbergen – das ist fantastisch.

An einem der Tage als meine Verwandten im Hotel blieben, fuhr ich mit dem Taxi bis „Dubaj-Molla", verbrachte einen wunderbaren Tag in der Kühle der Klimaanlagen, des Luxus und der Schönheit. Doch den besten Teil des Tages verbrachte ich in der gastronomischen Boutique „Fauchon". Ich konnte mich gerade erst für einen Tisch entscheiden, als sich vor mir wie Pilze nach dem Regen, Einheimische auftauchten, die ebenfalls dort zu Abend aßen. Doch das waren nicht einfach nur Einheimische, sondern der ehemalige Ehemann meiner Freundin, der auf der Flucht war. Ich erinnerte mich an die Erzählung der Freundin über sein Verweilen in Dubai. Hier verbringen also die flüchtigen Oligarchen ihre Zeit, im Offshoring Geld, das sie aus dem Land mitgenommen haben, und die ehemalige Ehefrau kämpfte ein Jahr lang mit dem Gericht, um ein paar unglückliche Alimente zu bekommen. Der junge Vater mit seiner neuen Ehefrau, einer Empfangsdame, die ihm einen Nachkommen geboren hat. Die fremde Seele – eine Finsternis: er tauschte seine schöne Frau und seine Tochter gegen diese Vogelscheuche aus.

Wenn ich Eduard in seiner Heimatstadt getroffen hätte, hätte ich ihn nicht einmal begrüßt, doch ihn böse angeblickt. In einem fremden Land war die Reaktion eine andere: wir freuten uns einander zu sehen und umarmten uns sogar: wie viele Jahre sind vergangen. Wir saßen gemeinsam bei einem Kaffee mit Kardamon.

„Wie ist das Leben?" stellte ich die Standartfrage. Und als ich auf seine Ehefrau, die Vogelscheuche blicke, verstehe ich alles.

Er schlief mit ihr, sie wurde schwanger, so kamen sie zusammen. In einem fremden Land soll man nicht alleine leben. Edik beeilt sich nicht, von sich zu erzählen. Und über das Leben zu philosophieren ist sein Steckenpferd. Man hört hin:

„Was ist das Leben? Dostojewski sagte: „Die Hölle"; Sokrates: „Das Leid", Nietzsche: „Die Macht"; Picasso: „Die Kunst", Gandhi: „Der Krieg"...Was ist das Leben für Sie?"

Doch ich unterstütze das Gespräch, da es keine gemeinsamen Themen gibt, doch ich möchte erfahren, wie Edik lebt, ihn verstehen, um für die Freundin etwas herauszufinden...

„Das Leben ist die Liebe. Menschen treffen sich, Menschen verlieben sich, Menschen heiraten...Das Leben ist eine evolutionäre Form der Energie, die unsere Gedanken füllt und dorthin lenkt, wohin ich gehen möchte. Ich wollte schon lange die Emirate besuchen, und ich bin hier als Tourist; und du, so scheint es, wolltest in den Emiraten leben und hast deswegen hier dein Bankkonto gefüllt, hier dein Business entwickelt... Das Leben ist ein konzentrierter Strahl von Aufmerksamkeit, wo der Strahl, da auch das Leben...Sollte sich der Strahl auflösen , wird das Leben zu einem verschmierten Bild, blinkt auf und verschwindet..."

„Hm, so scheint es wirklich zu sein. Mir gefällt dein Gedankengang. Sage mal, warum braucht diese konzentrierte Form des Lebens einen Gehilfen, wozu verschiedene Verhältnisse? Denn die evolutionäre Form ist meistens eine Einheit und nicht wiederholbar."

„Ja, so ist es. Doch die Energie (Der Mensch) bewegt sich wie auf Gleisen: der eine von diesen erlaubt es ihn ihm, sich zu verwirklichen und führt nach vorne, und der zweite erlaubt es ihm all seine sozialen Vorbestimmungen zu realisieren, die ihm gestatten noch ein Leben zu erschaffen, die Möglichkeit zu geben, einer Seele auf die Erde zu kommen. Und die zweite Rolle ist wichtiger als die erste, denn die Seele evolutioniert ständig, egal was mit dem Körper geschieht; und die Zeit für die Hilfe dem gerade geborenem Menschen ist begrenzt...und ich habe eine Frage: Warum trennen sich Menschen? Warum laufen sie weg von ihren Liebsten? Warum entstehen neue Verlockungen?"

„Männer sind polygam...Doch ich bin einverstanden, man muss das Lieben auch erlernen können..."

„Und am besten ist es wohl, solche wie dich zu heiraten. Vor den Pflichten an den Staat, kann man auch weg laufen. Doch wie soll man vor sich weg laufen, von seinem Blut, von seinem Gewissen?"

Ich sitze gerade vor Edik wie ein Vorwurf, wie eine Erinnerung. Die Erinnerung ist ewig, vor ihr kannst du nicht weglaufen. Die Freude von dem Treffen fließt in Trauer: es gibt etwas, worüber man nachdenken kann...Doch du kannst nichts machen...Und das ist auch das Leben...Jeder Tag steht für sich. Hat meine Mutter sich etwa wegen eines besseren Lebens ins Business vertieft? Sie sucht in der ganzen Welt etwas, was sie kaufen will, was sie verkaufen will, um mich und meine Tochter zu anständigen Menschen zu machen. Wir haben unterschiedliche Väter, doch sie verhalten sich gleich, teilnahmslos an unserem Schicksal. Jetzt bin ich so schlau, versuche zu verstehen, was und warum etwas geschieht. Und überhaupt sind Kinder Egoisten: sie benötigen die Aufmerksamkeit von Mutter und Vater, und sie haben nichts damit zu tun, was und wie die Eltern ihr Brot verdienen. Man benötigt Aufmerksamkeit und Liebe. Und was ist mit den Eltern? Mal klären sie die Verhältnisse, man verdienen sie das Geld. Und das Leben und die Liebe gehen an ihnen vorüber..

Wie sehr ich davon träumte, in das heiße Land zu fliegen, wo die Sonne mit ihrem Zirkel auf dem ganzen Himmel entlang lief, die Seele wärmte, erleuchtete, erhellte.

So sehr träumte ich von der Wärme! In der Kindheit war die Quelle der Wärme, Großmutter Vera. Ich erinnere mich, wie ich morgens noch im Bett lag und sie schlich sich leise in die Küche und raschelte mit der Bratpfanne, backte Piroggen. Aus dem Bett klettern wollte ich nicht, doch der Duft der Piroggen lockt an, sowie der heiße Tee. Und wir trinken gemeinsam Tee in der Küche und träumen von warmen Ländern, von Meeren und Ozeanen. Wenn die Mutter ans Meer fährt, nimmt sie uns mit. Denn es ist so: die Wünsche gehen in Erfüllung. Doch jeder Wunsch benötigt Zeit für die Erfüllung. Das Gesetz des Universums ist folgendes: Die Bahn der Lebensbewegung und ihrer Realisierung. Und das wichtigste ist: sich vom ganzen Herzen etwas zu wünschen. Nur dann dachte ich: sind all unsere Wünsche richtig? Ich klopfe mit den Füßen auf den Boden: „Mama, nimm mich mit!" Die Tränen laufen, Schnupfen...Ich erinnere mich bis jetzt an das kindliche Leid: Tage, die ich ohne Mutter verbrachte, Trauer und Leid...Und das ist alles die Suche nach dem Unbewussten, welches man fast gar nicht verstehen oder kontrollieren kann. Mann muss die Situation loslassen, genauso wie Mama und Papa: Es gibt Gründe dafür, warum alles so geschieht. Und wozu soll man darin wühlen. Man muss die Verantwortung für das eigene Leben übernehmen. Und das Leben wird nicht an der Zahl der Spielzeuge gemessen und an der Aufmerksamkeit, sonder nach dem Maß des Bewusstseins und der Verantwortung.

Und jeder hat sein eigenes Maß, und für unsere bewussten und unbewussten Taten wird die Zeit uns richten. Jeder von uns weiß es, doch der boshafte Verstand führt weg von den Herzangelegenheiten. Mal ruft er auf den Pfad für das große Geld, mal für einen schönen Rock...Grundsätzlich sind es zwei Wege, die von der Wahrheit weg führen: Geld und Beziehungen...Dass es eine Illusion ist, können nur wenige erraten. Davon quälen sie sich. Und gehen im Kreis. Und die Fragen kullern, wie aus dem Horn des Überflusses: „Wozu brauche ich das alles, wozu?" Und als Antwort – Stille. Man muss selbst zum Kernpunkt kommen. Die Antwort ist auf der Oberfläche.

„Was ist wichtiger für die Menschen, Business oder Familie?"
Die Frage hing in der Luft...Edik hat überhaupt keine direkten Antworten. Ja, er ist ein Meister darin, ein ganzes Training zu diesem Thema zu führen, und weiß selber nicht wie er leben soll.

Ich blicke auf das Kleinkind im Kinderwagen: der Nachkomme.

Doch was erbt er vom Vater? Den Verrat: hat die eigene Tochter und die erste Ehefrau im Stich gelassen…Das Fremdgehen: er tauschte seine Heimat um für ein Land in der Wüste…

Der Kinderwagen steht Edik gut. „Lass uns fahren!" sagt er. „Ich wünsche gute Eindrücke von der Reise."

Ich präge mir die sich entfernende Figur mit dem Kinderwagen ein: für die Freundin. Nun sind sie fort – meine Landsmänner. Was war das? Der Schatten? Ein Geist? Ein Wunder?

Auf dem Tisch stehen leere Kaffeetassen…ich gieße den Kaffeesatz in den Teller…Beobachte es: eine brennende Kerze – die Erfüllung von Wünschen; eine Tür – ein neuer Antrag…ein angenehmes Beben der Seele: die Falter flattern im Herzen – es gibt etwas, vorauf man warten sollte…und die ganze Aufmerksamkeit kehrte zu mir zurück. Edik. Ja, wer ist er schon. Ein Deserteur. Ich will nicht viel über ihn nachdenken. Doch das Foto zeige ich der Freundin: soll sie einen Punkt hinter diese Beziehung setzen und eine neue Tür zum Glück öffnen.

Und ich selbst mache die Tür zum Taxi auf und fahre zu meinen Nächsten: zur Schwester und zur Mutter. Die Meinen sind die aller teuersten Menschen, vom selben Geschlecht. Und wie klasse ist es, sich bewusst zu machen, dass unabhängig von irgendwelchen Lebens – Peripetien, unsere Mutter uns nie verlassen hat. Ja sie rennt immer wieder dem Glück hinterher für die Erhaltung der Familie. Auf den Pfaden zum Ziel bemerkt sie uns nicht. Und wir, undankbaren Kinder, werfen ihr immer wieder vor, dass sie uns zu wenig Aufmerksamkeit widmet. Das Große erkennt man erst aus der Entfernung…Verzeih mir Mutter für die Vorwürfe. Ich liebe dich und danke dir für das Leben und für all das, was du für uns tust.

Und nun genieße ich in einer völlig anderen Stimmung die Größe der Stadt: die Wolkenkratzer, die Männer in Weiß. Die Frauen, wie die Schatten der Männer, in schwarz. Weiße und schwarze Silhouetten. Hier ist das Leben – schwarz-weiß. Doch ist es nur die Oberfläche. Der Gedanke lenkt mich zurück zu Edik.

Ich freute mich darüber, dass ich ihm in die Augen blicken

konnte. Ich denke, dass mein Blick ihn das Gefühl der Ehre verlieh und all seine Fragen beantwortet hat. Und diese verfolgten ihn pausenlos, weil die Seele keine Kompromisse kennt. Ich wollte noch einmal in das Moll zurückkehren, um alles auszusprechen, was die rationale Hälfe der Halbkugel aussprach. Abgesehen von all den Wundern der Emirate, leben in Dubai begrenzte Menschen, die in die Höhen streben: Pflichten, dem Bestehen, ultramodernen Technologien, und dabei haben sie keine Bedingungen fürs Leben – die Luft, um mich der ganzen Brust zu atmen; das Gewissen, um nach dem Ruf des Herzens zu leben; die Moral, um offen für die Gesellschaft zu sein. Ja-ja, die Männer tragen die Schleier, nicht nur weil es warm ist...Sie haben etwas zu verstecken.

Doch man kann alles lesen: in der neuen Zeit fliegt die Information in der Luft. Was kann ich meiner Freundin über Edik erzählen? Über den Sohn (übrigens: für die Geburt eines Sohnes bekommen die Bürger der Arabischen Emirate 50 Tausend Dollar), über die Ehefrau-Vogelscheuche, über die Ehrwürdigkeit, die Situation des Modells „nichts wird der Seele schaden..." Wozu hat er die schöne Ehefrau ausgewechselt? Für ein Land, wo die Lebensbedingungen im Moll zu den Klimaanlagen stehen. Das Foto ist der beste Erzähler. Und Worte werde ich ebenfalls finden. Doch was soll man bereuen. Verzeihen, loslassen und ein neues Glück bauen. Vor mir erwartete mich ein weiteres Abenteuer. Auf dem Weg ins Hotel machte ich wie gewohnt Fotos mit meinem Handy von den lokalen Schönheiten, ohne die Aufmerksamkeit den vorüber fahrenden Autos zu widmen.

Plötzlich erschien hinter unserem Taxi ein Jeep und versuchte sich an das Taxi zu drücken. Der Fahrer war empört, ich ebenfalls. Aus dem Auto stieg ein Araber aus und begann mich anzuschreien und mein Handy von mir zu verlangen bzw. ihm zu zeigen , was ich fotografiert habe, und dies zu entfernen. Was ich entfernen sollte, verstand ich nicht, ich habe doch nicht ihn gefilmt, sondern die Sehenswürdigkeiten von Dubai. Es stellte sich heraus, dass er von der Botschaft war und den Gesetzen des Landes folgte, die es verbieten bestimmte Objekte und Gesichter zu fotografieren. Der Fahrer nahm mich in Schutz, warnte, dass er die Polizei rufen würde, wenn er die Touristin nicht in Ruhe lässt und fügte hinzu, dass er die Verantwortung für die Aufnahmen auf sich nimmt. Und mich klärte er auf, dass es in den Emiraten verboten sei, Frauen, Staatsobjekte zu fotografieren, diese zu exportieren, Alkohol zu trinken, per Anhalter zu fahren.

Und das war angenehm. Die besten Erzähler trifft man auf dem Weg – die Chauffeure: sie sind immer auf dem Weg und wissen alles. Und nun bin ich wieder im Hotel. Von den Eindrücken des Tages wollte ich im Rahmen bleibe: die Wände des Hotels, an die ich mich gewöhnt habe, kamen mir zur Hilfe. Und für einen Tag wollte ich mich von den Emotionen erholen – keinen Schritt aus dem Hotel machen.

Alle weiteren Tage waren den anderen ähnlich, ausgenommen des vorletzten. In der Gesellschaft des Sohnes von Mutters Freundin, an den wir ein Päckchen übergaben aus dem Elternhaus. In der Gesellschaft von ihm und dem Schwesterchen, gingen wir in der Stadt spazieren, schauten auf die Show der singenden Fontänen neben dem Burdzh Halif, und begaben uns danach in den Bezirk „Dubaj Marina." Die Größe der Wolkenkratzer beeindruckt uns. In einer so kurzen Zeit eine moderne U-Bahn zu bauen, Straßenbahnwege, eine Gruppe von künstlichen Inseln in der Wüste zu erschaffen, unzählige Strände, Hotels von Weltrang....

Die Liste der Wunder ist unendlich, und unser Land kann sich damit nicht messen...

Doch es zieht mich nicht hierhin, um hier ständig zu leben: mich ziehen Europa oder die Staaten an. Die Angelegenheiten der Mutter sind beendet und wir befinden uns auf dem Heimweg. Mein Schwesterchen und ich begeben uns auf das Ufer des Golfes. Diese Nacht verbringen wir mit einer Reise auf dem Himmel. Denn in der Wüste sind die Sterne einzigartig, auch die Sonnenauf – und Untergänge. Am Ufer fließt das Gespräch über die Seelen nur so dahin.

„Weißt du, ich denke, wir begaben uns nicht zufällig zu dritt auf die Reise durch die arabische Welt, wo die Feinheit des Ostens und die Vollkommenheit des Westens sich verstricken. Und es ist kein Zufall, dass ich gerade hier, Edik getroffen habe. Das Thema des Verrates verfolgt uns. Die Zeit ist gekommen, um sich so anzunehmen, wie man selbst ist. Und jeder, der auf die Erde kommt, ist Licht und Liebe. Nur haben das die Menschen vergessen. Haben sich selbst verraten, indem sie Illusionen nachrannten: nach Dingen und Geld..."

„So scheint es zu sein...Nun, die Mutter vergaß wegen ihrer Liebe zu uns, wie man das Leben genießt."

„Du hast recht. Du und ich haben uns erholt, sind auf Führungen gegangen, saßen im Café, machten Bekanntschaften, und Mutter – mal ging sie auf Treffen, mal in Lagerhallen, mal schloss sie die Verträge. Doch ist das etwa das Leben? Ziffern, Ziffern, Ziffern..

Und wenn sie in den Himmel blickt, woran denkt sie? Soll der Himmel helfen, die Ware zu ordnen, soll die Angelegenheit erfolgreich sein...Und wo bleibt ihr weibliches Glück?"

„Was ist das – Glück?"

„Das Glück ist man selbst zu sein. Wir tauschen die Bedingungen des Lebens aus, die Menschen ebenfalls, doch uns selbst zu verändern, dazu bemühen wir uns nicht. Die Zeit ist gekommen, um aufzuhören, auf den Menschen zu warten, der unser Leben verändert, und wir müssen wir selbst werden, die, die wir sein sollen, um glücklich zu sein."

„Lass uns einen Algorithmus ausdenken für die Erschaffung des glücklichen Lebens. Was benötigen wir, um die zu sein, die wir sind?"

„Unser Leben nicht mit Dingen füllen, die Geld kosten, sondern, die wertvoll sind. Das Leben nicht für den Schlaf zu verschwenden, es soll lieber was beständiges geschehen. Das Gespräch wie ein Dessert genießen..."

„Reisen, sich über die Sonne, das Wasser und den Himmel freuen. Das eigene Herz von Leid zu befreien. Lass uns schwimmen und es soll sich im Wasser all das auflösen, was einem glücklichen Leben im Wege steht: Ängste, Sorgen, Depressionen, unnötige Gedanken...Das ist der Ozean der Liebe! Lass uns mit Liebe füllen! Wir verlieben uns in die Liebe und bewahren sie in uns wie in einer Kristallvase. Ich bin Liebe. Du bist Liebe. Die ganze Welt – Liebe...

Wie angenehm ist es in der Liebe zu baden, Liebe zu werden und Liebe auszustrahlen. Wir kehren in das Hotel zurück. Mama sitzt in der Chaiselongue. Auf dem Schoß ein geschlossenes Buch. In der Hand eine Tasse Kaffee. Wir schleichen uns an sie heran und umarmen sie von beiden Seiten. „Ringel – Ringelreihe, es tanzt ein kleines Volk",

singen wir unerwartet unser Kinderlied. Nun wird es immer so sein. Doch wie lange kann man noch Kriminalromane lesen, wie lange soll man die Welt weiter in Waren verwandeln...

„Mama, wir lieben dich. Es reicht mit der Arbeit, lass uns gemeinsam erholen...

Auf Mutters Wange zeigten sich Tränen, doch die Augen leuchteten.

„Meine lieben Töchter. Wir müssen noch so vieles machen!"

Und wir verstehen, dass die Mutter uns aus Liebe das Rad der Fortuna nicht überlassen möchte, das sich immer schneller dreht und die Mutter von Seite zur Seite führt. Doch wir beschlossen, Mamas Anhängsel zu werden: wir helfen ihr, das Rad der Fortuna zu verlangsamen, wir helfen ihr, mit den Dingen fertig zu werden. Und dann kehren wir gemeinsam zum glücklichen Leben zurück, jetzt und heute.

Solch wunderbaren Gedanken können nur dann kommen wenn du vollkommen abgerissen bist von den alltäglichen Sorgen. Wenn das Meereswasser deinen Körper umspült, die Sonne deine Seele erhellt, alle illusorischen Eigenschaften verbrennt und hinter dem Rücken davon Flügel wachsen davon, weil du etwas verstanden hast. Und ja, ein großer Dank gebührt Edik für das Treffen. Er half mir bewusst zu machen, dass der Verrat eine große Sünde ist. Und dafür gibt es keine Rechtfertigungen. Von dir selbst kannst du nicht weg laufen.

Ich verließ diese Stadt mit einem zwiespältigen Gefühl. Es

ist schwer, sich vorzustellen, was dich auf der Reise erwartet. Ich habe viele Wunder gesehen, vieles hat mich beeindruckt, doch ich verstand, dass man nirgendwo auf einen Menschen wartet. Man muss immer selbst dabei haben: Liebe, Glück, Geduld, Verständnis, Wärme. Und gut, dass diese Last einen nicht schwer macht, sondern einen leicht macht und einfach und gewöhnliche Dinge in einen zauber verwandelt.

Ein anderes Leben

Der Frühling war heiß in vielen Sinnen. Auf der Arbeit ein volles Chaos: der Wechsel der Leitung, neue Regeln und Prozeduren, der Umzug auf eine andere Etage. ..Und all diese Pausen schienen nicht zum Besseren zu sein: fast ein Jahr lebten wir wie Spinnen im Terrarium. Ein weibliches Kollektiv generierte eine Atmosphäre voller Gerüchte und Streits. Mein Sehvermögen verschlechterte sich auf dem Level der Nerven. Ein Zeichen dafür, dass man vor allem die Augen schließen wollte und all diesen Unsinn nicht sehen. In der Familie war es nicht einfacher: abgesehen von all unseren Versuchen sie vor dem Krebs zu retten, ging Tante Elja von uns: Angst, Schlaflosigkeit und es gibt keine Antworten auf Fragen: wozu, wie soll man sie retten, wer hilft.

Retten musste man Tante Elja und sich selbst. Medikamente, schmerzlindernde Mittel, Säfte, Smoothies. Apfelsine und Mango – die aller lebensfreundlichsten Früchte, die Möhre ist ein einzigartiger Helfer bei allen Fragen rund um Gesundheit und Schönheit. Und viele, viele Gespräche. Wir haben noch nie im Leben so viel mit Tante Elja gesprochen. Übrigens auch so mit der Mutter. Das Ventil für die Gefühle war Baba Vera. Doch jetzt ist sie nicht mehr da. Genauer, es gibt sie. Doch sie hat ein anderes Leben, das uns nicht bekannt ist. Wir wissen mehr von unserem Leben und konzentrieren sich darauf. Und die Frage nach einem anderen Leben entsteht, wenn das Gefühl vergeht, dass die Seele beschlossen hat, das Gefäß zu tauschen. Ja, ja, der Körper ist einfach nur ein Gefäß, ein Kolben, eine Vase, ein USB-Stick, ein Träger der Seele, die nie stirbt. Die Seele ist ewig. Vor ca. anderthalb Jahren war das Thema Tod für mich eine Abstraktion, wie für die meisten von uns, doch alles kann sich innerhalb einer Sekunde verändern, und es wird zum wichtigsten Thema.

So ist das Leben und der Körper der Seele, die in sich Freuden und Trauer einsaugt, mit uns lebt und nie stirbt. Und wenn der Mensch auf dem letzten Weg ist, ist es wichtig eine große Seele zu haben, die gefüllt ist mit Liebe, Weisheit, Leidenschaft. Das ist alles notwendig für eine erfreuliche Verwirklichung.

In der letzten Zeit drehten sich alle Gespräche um den Sinn des Lebens, Vorbestimmungen und dem Leben nach dem Leben. Und je mehr wir über dieses Thema sprachen, desto ruhiger nahmen wir das Geschehene an. Und mehr als das: wir fuhren einfach fort unser wunderbares Theaterstück weiter zu spielen: „Unser Weg."

Die Rolle des Regisseurs nahm ich auf mich, genauso die Rolle des Journalisten: Frage-Antwort. Langsam entstand eine Szene nach der anderen. Wir tauchten ein in unsere Vergangenheit, schmeckten die Erinnerungen an Familienfeste, Neujahrsgeschenke, gemeinsame Reisen, kindlichen Streichen.

Wir warfen die Angeln in die wunderbare Zukunft, träumten, ohne uns die Chance zu lassen, im laufenden Tag zu erstarren, der uns die Aufgabe gab, zusammen zu kommen, sich zu vereinigen, sich daran zu erinnern, dass wir eine Familie sind. Und es ist unwichtig, dass die Schwester, die Tochter Tante Eljas, weggefahren ist nach St. Petersburg zu einem Literaturseminar. Es ist wichtig, dass die anderen da sind, die der Tante nahen Menschen: Meine Mutter, ich und andere, die auch wir sind. Und es gibt Liebe. Und wo Liebe ist, da ist auch Kraft.

Draußen regnet es und wir sitzen mit der Tante am Fenster, trinken Hagebuttentee und reden über die Liebe. Nicht über meine Romanzen mit Maksat, Dima, Darhan, und auch nicht darüber, wie Tante Elja all ihre Kräfte dafür verwendete, damit ihr Familienboot durch alle Stürme ging; wie sehr ruderte sie für die wahre Liebe, die und die Kraft des Lebens gibt.

„Selbst dank der Literatur wissen wir, dass die Liebe Wunder schafft. Und was soll man mit dem leeren Gefäß machen, in welches diese Kraft einströmen würde?"

„Um in dich Liebe einfließen zu lassen, muss man ein festes Gefäß sein. Und man braucht Manneskraft, um eine solche Kraft anzunehmen."

„Lass uns am Beispiel der Familie die Kraft der Liebe verstehen. Ein jeder von uns kam auf die Erde nicht nur für sich selbst. Wir haben Wurzeln – Großväter - Großmütter, Urgroßmütter..."

„Ja, wie bei einem Baum: es gibt ein Wurzelsystem, einen Stamm, eine Krone, Früchte."

„So hängen auch die Früchte davon ab, wie die Familie war; Die Wurzeln geben irdische Kraft, materielle Kraft. Und was gibt die Krone, die Blätter, was denkst du?"

„Sie geben uns die Energie der Sonne, des Lichtes, sie geben uns die Kraft des Himmels – des Geistes, das Prana, eine hohe energetische Information, die den Stamm füllt, den Körper und die irdischen Energien in hohe transformiert."

„Doch im Herbst fällt das Laub ab. Die Zeit ging zu Ende, er hat seine Rolle erfüllt und ging in die Erde, um im Frühling mit einem frischen Laub zurück zu kehren."

„Und weißt du, wirklich, man möchte nicht im alten Körper bleiben...Die Seele ist so fröhlich, klangvoll und jung. Und man wünscht sich ein anderes Leben, nach anderen Gesetzen. Es scheint, als würden wir etwas nicht wissen. Und um etwas sich bewusst zu machen, muss man den Blickwinkel ändern, sich mit anderen Leuten treffen. Lass uns das so machen. Jedes Jahr wirst du dich in ferne Länder begeben, auf der Suche nach neuem Wissen. Wissen, Information, das ist die Kraft. Altes Wissen, alte Energie funktionieren nicht. Also lass uns losfahren."

Auf dem neue Weg sind neue Offenbarungen, die unserer Familie helfen zu erstarken.

Du wirst unser Anführer sein, wirst dich mit neuem Wissen füllen und uns mit nehmen. Wir haben schon verstanden, dass das Leben in einem Körper gemessen wird an einem Teil der Zeit, und das Leben der Seele ist ewig. Doch das was wir wissen müssen über das Leben des physischen Körpers und den Körper der Seele, werde ich aus Büchern erfahren und du zieh los auf Pilgerschaft. Ziehe dorthin, wo das klassische Wissen sich mit neuem Wissen vermengt. Wo sich das Leben radikal von unserem unterscheidet. So bekam ich von Tante Elja den Segen für die Reise und die Offenbarungen. Wohin? Natürlich nach London. Eine Stadt von Weltrang. Dort, wo sich der Greenwich-Meridian befindet, wo man die Zeit auf Null stellen kann und alles von einem neuen Blatt Papier beginnen. Ich wollte so sehr, das Geschehene verstehen und alles bei Null anfangen. Dazu ist noch bekannt, dass sich auf Reisen die aller schwersten Fragen lösen: so als ob eine Knäuel von Problemen los rollte und bei einer richtigen Tür ankam. Und dort, im geheimen Zimmer ist ein gelehrter Kater und der heilige Gral. Die Seele dürstet nach Liebe, Weisheit und Licht, und die Lehrer treffe ich meistens auf dem Weg. Jeder, den ich treffe, zeigt mir, was gut an mir ist, und wie man freier werden kann, reiner und voll mit Energien. Das ist die Evolution der Seele, die Transformation des Bewusstseins, von dem die Fähigkeit abhängt, die eigene Realität zu kontrollieren. Denn wir leben in einer einzigartigen Zeit, wenn für den Menschen drei Varianten von Realität zugänglich sind: die dreidimensionale Realität, die vierte und fünfte Dimension. Irgendjemand lebt noch in der dritten Dimension, irgendjemand wacht auf und betritt die vierte, und irgendjemand strebt mit seinem Bewusstsein in die fünfte, in der du bewusst deine Realität kontrollierst, dank eines neu geöffneten Werkzeugs: eine bedingungslose Liebe, Klarheit, Telepathie, die Veränderung der Form des Körpers, der Kontrolle über die Alterungsprozesse, Teleportationen. Diejenigen, die bereit sind, für die fünfte Dimension, sind grenzenlos.

Die fünfte Dimension, das sind helle Energien und ein Zustand selbstloser Liebe. Der Körper des Menschen wird transformiert, wird weniger dichtes, doch er bleibt der physische

Körper. Und der Mensch kann seine inneren Prozesse besser kontrollieren:

sich vor Krankheiten heilen, den Alterungsprozess verlangsamen, die Zellen erneuern, Programme für ein langes Leben starten. In der fünften Dimension kann man mit dem Körper auf der Ebene der Zellen in Kontakt treten, die Moleküle der DNA tauschen, unendliche Möglichkeiten in sich eröffnen. Unser Körper wird zum Instrument der Entwicklung, für die seelische Evolution. Wenn wir in unserem Körper bleiben, verbinden wir uns mit unserem hohen Anfang, mit der eigenen Quelle, mit unserem Geist, der die Antworten auf alle Fragen kennt und in sich die angesammelten Fähigkeiten und die Weisheit unserer Verwirklichungen versammelt.

Und es ist bekannt, dass alle Pausen mit der Kontrolle der Aufmerksamkeit beginnen: eine bewusste Wahl der notwendigen Gedanken, Gefühle, Handlungen. Das Programm des Lebens kann man umschreiben. Wichtig ist es, zum Autor seines Lebens zu werden, die DNA aktivieren, die eine große Anzahl von Möglichkeiten bereit hält, wie man sich selbst erkennt, als leuchtendes, vielfältiges Wesen.

Man muss den Vektor der Bewegung bestimmen und mit Vorhaben arbeiten. Das ist eine langwierige Arbeit mit Gedanken, Handlungen und Worten. Wir schalten den Beobachteter ein, die innere Kontrolle und öffnen das Herz. Und niemand verspricht es, dass es leicht werden wird. Und solange konzentrieren wir uns auf unsere wahren Wünsche: ich lege große Hoffnungen in London, eine Stadt, die von Römern gegründet wurde im ersten Jahrhundert unser Ära, und nicht zufällig bedeutet die Wurzel des Wortes Londin „neues Land." Hey London, hey Neuheit, hey Transformation. Ich bin bereit. Und nun bin ich im Flieger. Flug von Almaty nach London. In den Augen- das Glück. Im Herzen – Hoffnungen für etwas neues. Wie glücklich ich bin. Ich habe wirklich Glück. Glück vor allem um Menschen zu treffen, Gesprächspartner, die wie Zauberer auf meinem Pfad erscheinen, wenn ich irgendetwas verstehen soll. Die Stewardess kam in dem Moment, als die Seele bereit war, für das Fest. Mein Weggenosse und ich wählen einen Orangensaft und mein Gespräch fließt über in das Thema Reisen.

„Wo überall bin ich schon gewesen. Und jedes Abenteuer eine eigene Geschichte. Ich war schon mal in London, doch möchte ich wieder zurückkehren in die königliche Stadt. Und nicht nur ich allein. In dieses Stadt versammelt sich die ganze Welt. Und nicht, weil darüber die Lehrbücher so interessant erzählen, sondern weil du hier dich wie du selbst fühlst: die Gabe aufzuwachen und aus der Tiefe die innere Stimme zu hören: du bist auserwählt für das aller beste, Du bist die Königin. Wissen Sie, ich möchte so gerne auf den Straßen wandeln, auf denen ich bereits gewandelt bin, auf den Spuren der Königin und Lady Di. Stellen Sie sich vor, es gibt in der Stadt fünfundzwanzig Tausend Straßen. Wie viele Tage braucht man, um diese entlang zu gehen oder mit einem Taxi zu durchfahren? Ja, besser mit einem Taxi: Der Chauffeur weiß alles über seine Stadt. Denn bevor er die Lizenz für seine Arbeit als Taxifahrer bekommt, lernt er vier Jahre und muss dann ein Examen ablegen über die Stadt und ihre Sehenswürdigkeiten.

Wie sehr würde ich gerne in Oxford studieren – der Universität meiner Träume. Und natürlich würde ich in Oxford den Mann meines Lebens finden – im Anzug, der genäht wurde nach einem Auftrag, mit einer idealen Frisur.

Ja, ja, die Kleidung bestimmt das Treffen. Und meine innere Stimme hätte mich zu dem aller stattlichsten Mann geführt, der meinen hohen Standards entspricht: denn der Anzug ist wie ein Auto der besten Firma – bis zu diesem muss man erst einmal wachsen. Und wie sehr beeindrucken mich die Londoner Häuser! Und endlich habe ich die Chance, in einem von ihnen zu wohnen: ich fliege zu Freunden. Und noch möchte ich durch alle königlichen Parkanlagen spazieren gehen. Auf der Straße Picadilli mit den besonderen Fashion-Einzigartigkeiten Londons. Ich muss unbedingt in das Theater Globus, das von Shakespeare berühmt gemacht wurde... ich eile bereits zum Spaziergang an der Themse, die voller Fische ist. Und nun fahre ich auf dem Bötchen von Westminster (Big Ben), komme an der Tower-Bridge vorbei, und weiter bis Greenwich.

Und von diesem Punkt an beginnt alles vom neuen. In sich einkehren, dann zurück zum Herzen: Nullwendung und Transformation."

„Welch einen wunderbaren Plan haben Sie?"

„Wissen Sie, ich möchte so gerne Veränderungen. Ich laufe weg vor dem Schrecken. Die Situation zuhause und auf der Arbeit ist angespannt. Mein Organismus sagte, ich soll eine Pause machen. Schreckliche Schlaflosigkeit. Und auch wenn ich schlief, träumte ich schreckliches. Kurz vor dem Flug träumte ich wieder einen Traum, in dem ich sterbe...Das Flugzeug, in dem ich sitze, stürzt ab und die Seele kehrt in meine Wohnung zurück. Zu mir nachhause kommen die verstorbenen Verwandten: um mich zu holen...In den Händen Tickets und Visa nach England. Soll ich die Tickets abgeben und zuhause bleiben? Zum Psychologen oder Psychotherapeuten gehen? Ich beschließe zu fliegen...

Beim Gespräch verflog die Zeit. Und was ist es? Wir sind angekommen doch landen nicht. Sollte der Traum wahr werden? Der Flieger kreiste über eine Stunde über der Stadt, und man gab keinen Befehl für die Landung. Das Herz drückte sich zusammen. Ich schloss die Augen und las die Gebete. Wie soll man den Strom von furchtbaren Gedanken ausschalten?

Ich betete, betete, betete. Uf, das half. Endlich landeten wir am Flughafen „Heathrow."

Einatmen – Ausatmen. Jedes Mal fühlst du die Grenze zwischen dem Leben und dem Fortgang in die andere Welt. Doch jetzt habe ich eine reelle Möglichkeit in ein anderes Leben einzutauchen. Um mich herum eine Masse von Menschen. Es scheint, als habe sich die ganze Welt versammelt in London: jeder sucht das seine: der eine die Abenteuer, der andere die Erkenntnisse, der andere einen Ort zum Leben. Ich blicke auf jeden und warum auch immer, so sehe ich jetzt hinter der menschlichen Hülle einen Knäuel Probleme und Fragen. Es scheint, als ob ein jeder von uns dafür geboren wurde, den Knäuel zu entwirren, die eigenen Rätsel zu erraten. Doch ich sehe auch die, in deren inneren ein leuchtender Kristall ist, sie verströmen die Liebe, das Lachen, die Freude, die Güte. Von solchen gibt es nur wenige. Die Masse der Menschen sind einfach Vorübergehende, bis ich zu einem von ihnen ein Interesse entwickele, mich auf jemanden von ihnen konzentriere. Und für mich ist es notwendig, mich zu konzentrieren: ich bin in einer fremden Stadt und mein Handy hat kein Akku mehr. Doch ich habe eine Adresse. Meine Intuition lenkt meine Aufmerksamkeit auf eine Frau, die sich herzlich meiner Bitte annahm und mich zu dem gewünschten Haus führte, wo sich mich in die Hände meiner Freunde übergab. Seit meiner Kindheit gerate ich immer in Notlagen. Bei mir beginnt alles und endet alles, was man nicht erwartet hat: es gingen Stühle zu Brüche, ich hatte Unfälle, wurde ausgeraubt, von Hunden gebissen, kam zu spät zum Flieger, verschluckte mich an Fischgräten und Kirschkernen...Die Liste kann fortgeführt werden, doch es ist angenehmer in mein Rendezvous mit England einzutauchen.

London begrüße mich mit Sonne, abgesehen von seiner Bekanntheit mit Smog oder Nebeln...Die Emotionen flossen über: jeder Tag wie in Eden – ein neues Leben in einer neuen Welt, nur besondere Eindrücke, unwiederholbare Sujets. In den Tagen meines Aufenthaltes in England, war ich in drei Städten, von der Größe kleiner Dörfer.

Ich bekam dreiunddreißig Vergnügungen, nachdem ich die hinter städtischen Grafschaften besuchte. Ich verliebte mich in die beeindruckende Stadt Standfort, mit gelb-grauen Gebäuden, die in den XVII-XVIII Jahrhunderten gebaut wurden, mit engen Gasse, die sich um den Fluss Welland schlängelten. Mich lockte auch der hinter städtische Teich in Korbi, mit Schwänen, Enten, die wir mit Vergnügen fütterten. Es war ein solcher Durst, so viel Neues wie möglich zu entdecken.

Ich stampfte alles Gesehene in mir fest, ordnete es in verschiedenen Ecken der Erinnerung und steckte die Zunge aus, während ich lief: ins Theater (in die Oper, zum Ballett), ins Museum, in die Geschäfte, in Cafés. Ich schlief nur wenig, und morgens begann wieder alles. Der Weg schlängelte sich entlang akkurater Cottatges aus rotem Backstein. Kein Sandkorn, kein Staubkorn. Eine frische Luft, das Zwitschern der Vögel, ein englischer Wundhauch.

Und zuhause warten gastfreundliche Eltern, meine Freunde und eine große Herde Katzen von der Rasse Sphinx.

Beeindruckende Katzen, die Tante Tanja züchtete, sie gaben mir des nachts kostenlose Konzerte. Die erste Nacht, aus Höflichkeit, hielt ich ihre Sprünge auf meinen Kopf aus und ihr Laufen durch das Haus, Elefanten gleich, doch für die zweite Nacht schloss ich sie im Flur ab. Sie schrien bis zum Morgen, so wehmütig, dass ich aufgab...Wir freundeten und mit den schlauen Tieren an und in den folgenden Nächten schliefen sie schon neben meinen Füßen, miauend und mir ihre Wärme schenkend.

Geselligere Haustiere waren mir bisher nicht begegnet. Diese Katzen schauten mich so aufmerksam an und hörten jedem Wort zu, indem sie eine Atmosphäre eines auserwählten Gespräches erschufen. Und dazu heilten sie auch die Wunden meiner Seele und entfachten in meinem Herzen ein Feuer. Meine geliebten Sphinxe. Ich liebe und erinnere mich daran, wie diese laute Herde hinter mir herlief wie ein Anhängsel und ich fühlte mich wie ein Bonifatius auf einer Insel inmitten von Kindern und dachte: „Wie wunderbar doch alles ist! Das Leben ist wunderbar!"

Eine wunderbare, wunderbare Reise. Doch am Ende meiner Reise war ich ausgepresst wie eine Limone, und ich wollte Stille und Ruhe. Die Reise ist zu Ende, es ist Zeit nachhause zu fahren,„ich senke mich von den Himmeln herab"...und nun bin ich wieder am Flughafen.

Doch Stopp. Irgendetwas fehlt. In meiner Eile erinnerte ich mich nicht direkt an Ihn, dem Haupthelden meines Herzens. Eine Reise ohne romantische Geschichte zählt nicht. Natürlich werde ich in Erinnerung die Bemühungen des höfischen Peters behalten, die Angebote des Chauffeurs Djames mir England zu zeigen, die Gespräche im Pub mit dem Bankkaufmann Michael. Sie alle sind tolle Kerle: haben gutes Geld und sind perfekt gekleidet. Übrigens sind die Männer in England viel anziehender als die Frauen.

In ihrer Garderobe kann man bis zu zweihundert Anzüge finden, die teuer sind und zum luxuriösem Wagen passen. Das Gespräch bei den prüden Engländern ist manierlich, die Frisur korrigieren sie einmal in der Woche. Doch mein Herz antwortete ihnen nicht.

Nicht auf der Themse, nicht beim Big Ben, nicht im Westminster Abbey antwortete es auf den mich begleiteten Gentleman. Möglich, weil all meine Aufmerksamkeit englische Gebete einnahmen: Ich bin die Verehrerin des Hohen, des Alten, der Klassik, der Traditionen...

Und ich bin immer noch in London. Am Flughafen. Ich ging durch die Registrierung und es blieb Zeit um in alle Richtungen zu blicken . Und plötzlich wurde ich von einer Stimmer angelockt. Unsere Blicke trafen sich.

Und da gibt er mir seine Visitenkarte. Es war so als ob ich David schon viele Jahre kannte. Das Boarding wird angekündigt und es gibt keine Zeit für ein Gespräch. Ein kurzer Dialog:

„Wirst du auf mich warten? Ich werde dir hinterher fliegen. Ich weiß, wie wichtig der Segen der Eltern ist. Meine Familie bewahrt ebenfalls die Traditionen."

„Glaubst du an Liebe auf den ersten Blick?"

„Ich kenne dich seit Jahrzehnten. Alles geschah so, wie es das Theaterstück hergab. Du bist meine Königin."

Ich lächele ehrlich:

„Und du bist mein König."

Und ich bin im Flieger. So hoch flog ich noch nie. Ich habe mich fast aufgelöst in den Schwärmereien. Ich wurde selbst zu Liebe. Ich hatte das Gefühl, dass in dem Flugzeug nur er und ich waren. Und wir lachten so ehrlich, sprachen, machten Scherze. Er und ich - wir sind eine Einheit...

Dann war alles so, wie wir es wollten. Doch diese Geschichte ist so lang wie ein ganzes Leben. Und nun erinnere ich mich mit dem ganzen herzen an Tante Elja. Sie ging von uns im Herbst...So sagt man es wenn man auf der Erde ist....Ich teile eines unserer Gespräche nach dem:

„Was ist denn eigentlich geschehen? Wo bin ich? Was ist das für ein Ort? Gehe ich ins Paradies oder in die Hölle?"

„Dich erwartet ein neues Leben , du wirst dieses mit dir nahen Menschen verbringen. Und du musst selbst entscheiden, in welchen Land du leben möchtest, wer du sein willst, wie du sein willst..."

„A-a," lächelte die Tante, wie Vysotzkij sang: und wenn man so dumm wie ein Baum ist, dann wirst du als Baobab wiedergeboren...Das heißt die Hindus haben recht, wenn sie über Wiedergeburt sprechen..."

„Wir alle haben mit irgendetwas recht."

„Wie geht es euch dort? Wie geht es Mutter?"

„Bei uns ist alles ok. Achte auf dich, wir sind immer in der Nähe. Die Teleportation ist uns zur Hilfe. Ich weiß, dass du dich in der nächsten Zeit in einer neue Form verwandeln wirst. Ist es schon bekannt, wer du sein wirst?"

„Vorgeschlagene Varianten: Mann-Geiger (Wien) oder eine Nonne – 645 Jahr unserer Ära, Lissabon..."

„Was? Wieder zurück in die Vergangenheit?"

„Die Zeit existiert nur auf der Erde. Hier ist alles anders. Glaube mir einfach, du wirst es nicht verstehen, wenn ich es dir erzähle."

„Und worin besteht der Sinn einer solchen Verwandlung, wenn es keine Evolution gibt?"

„Der Sinn des Lebens liegt in der Reife."

„Musst du reifen? Und was ist mit all deinen Fähigkeiten? Unsere Gespräche, unsere Kenntnisse?"

„Das alles ist ein Tropfen im Meer. Um etwas zu erfahren, muss man dieses werden. Richte allen Grüße aus. Ich bin so froh, dass wir uns unterhalten können."

„Und ich bin froh, dass du – ich bist, meine Mutter, Großmutter und Schwester."

„So ist es! Doch ich sage dir noch mehr: du – das sind wir alle, und überhaupt alle, alle, die auf diesem Planeten leben, in allen Zeiten, und diejenigen, die in der Zukunft auf die Erde kommen. Wir alle sind alle Facetten eines einzigen Ganzen... Lass uns später unterhalten, ich umarme dich. Vom Herzen zum Herzen. Mit jedem neuen Leben wirst du evolutioniert, wirst zu einem riesigen Intellekt."

„Oha! Und dann?"

„Lass uns später unterhalten. Die Lücke zwischen den Leben ist sehr winzig. Für mich ist es Zeit, mich zu verwirklichen... Das aller reellste ist nur jetzt. Und versuche, dich nicht zu bemühen, etwas besser zu machen. Es soll sein, was sein soll, und das ist das aller seligste. Ich liebe Sie.

Ich spürte eine zärtliche Berührung und ein Eintauchen in einen Lichtstrahl. Meine Seele flog direkt auf diesem Lichtstrahl nach oben. Die Seele Tante Eljas klang wie ein Glöckchen. Ein solch reiner klang. Er kehrte genau so direkt zurück, transformierte sich in einen Kristall und machte sich im Herzen heimisch. Meine Tante Elja. Wir sind zusammen. Eine Einheit! Ich spürte zum ersten Mal, dass in meinem Herzen genug Platz für alle ist, für die, die bereits ein anderes Leben leben und die, mit denen wir heute und jetzt Fähigkeiten auf dem Planeten Erde sammeln.

Und bis jetzt möchte ich wieder auf Reise gehen. Doch zuerst muss ich mich nach Portugal begeben, wo eine neue Nonne geboren werden soll mit einem neuen Namen.

Oder lieber nach Wien, wo möglicherweise auf diese Erde ein zukünftiger, großer Geiger tritt? Wie erkenne ich die eigene Tante Elja. Und sofort kam die Antwort: wie soll man sich selbst nicht erkennen. Am Geist, an der Seele. Die Information schwebt in der Luft. Ich bin auf Reise. Doch bin nicht alleine. Und das ist toll. Das Postskriptum füge ich hinzu. All unsere Geschichten sind nicht zufällig und die Situation mit Tante Elja, - dank des Lebens auf der Erde, dank der Wiederherstellung der Stellungen unserer Familie: den Glauben stärken, die Hoffnung, die Liebe, Einheit, Glück. Nur wenn man die Herzensgüte wieder hergestellt hat, die Leidenschaft, die Fokussierung der Aufmerksamkeit auf die Nächsten, erkennen wir uns selbst wieder und die Welt schenkt uns, was in uns auflebt. Wir blühen wie eine Blume auf uns locken die Honigbienen an, damit das Leben endlich zu Honig wird, zu einem paradiesischen Genuss. Ich umarme dich, Tante Elja. Vom Herzen zum Herzen. So ist das andere Leben. Interessant. So wie wir es vorprogrammiert haben.

Gespenster aus der Vergangenheit

Nun war es das. Welle nach Welle, Stadt nach Stadt, Treffen nach Treffen...Doch bevor ich zum nächsten Kapitel streite, teile ich das aller ehrlichste: die Schlagsahne meiner leidenden Seele, die endlich die Situation der Liebe erlangt hat, ohne irgendwelche Schlussfolgerungen, Bedingungen und Erwartungen. Die Evolution und Transformation sind gesunde Prozesse, die für den Segen sorgen. Und bis jetzt: alles wie im Geist...Aus der Serie: was tun, wenn das Leben Überraschungen hervorbringt? Nun kenne ich die Antwort. Und teile sie unbedingt mit euch.

Wenn du am wenigsten die Menschen aus dem vergangenen Leben erwartest, an welche ich nicht mit Erschütterung denken kann, erscheinen sie in dem aller unpassendsten Moment und du weißt nicht was du tun sollst? Ja, so sagte Somerset Maughem, wir verlieben und in die, die wir nicht kennen. Die Subjekte meiner einsamen Liebe sind für mich bisher immer ein Rätsel, welches jetzt keinen Sinn hat gelüftet zu werden. Wenn wir uns verlieben, idealisieren wie den Menschen.

Die Gefühle entfachen meistens in einem Augenblick, wie ein Feuer aus dem Streichholz. Die Flamme verbrennt und verursacht Wunden. Doch so wie sie entfacht, erlischt sie auch, und hinterlässt auf der Seele die Narben. Was habe ich erlebt bei dem Gespräch mit den Ehemaligen vor vielen Jahren. Nichts außer Reizung.

Denn ich dürstete nach einer bedeutenden Romanze, die so lang ist wie das Leben...Und sie? Ich war für sie ein Fragment, ein Puzzle in ihrer coolen Realität, die gefüllt war, mit anderen Bedeutungen: Karriere, Finanzen, der Anerkennung.

Doch warum suchten sie in den Momenten von Misserfolgen und Verlusten immer nur mich, die, die nicht zu ihrer Begleiterin wurde, sondern nur zu einer bestimmten Episode? Lassen wir die Philosophie, weil das die besten Jahre meines Lebens sind, abgesehen von dem Leid und dem seelischen Schmerz. Mit diesen lief ich dem Treffen mit meinem Traum entgegen, blühte auf wie eine Blume im Frühling und atmete Liebe. Sie sind meine Freude und mein Schmerz, meine Liebhaber und Lehrer, so erwünscht und unterschiedlich. Für sie ist vieles, was für eine Frau wichtig ist, unwichtig...Und nach der ersten Nacht wissen sie, wie es weiter geht...Doch diesen Wunsch materialisieren kann nur die Frau, die bereit ist, ihre Wünsche zur Wirklichkeit werden zu lassen. Schade, dass so viele Jahre verstrichen, um es zu verstehen. Meine Seite mit dem Titel „Gespenster aus der Vergangenheit" wurde umgeblättert...

Ich stellte einen Punkt, und ohne es noch einmal durchzulesen, schickte ich das Kapitel zum Redaktor. Und da klingelte mein Telefon. Das war der Anruf, der mein ganzes Leben veränderte.

„Ich warte dringend auf Sie in der Redaktion."

Normalerweise rief der Assistent an, und diesmal er selbst...

Aus dem Kabinett des Redaktors flog ich wie auf Flügeln. Ich bekam nicht nur ein Honorar, sondern auch eine Bestellung für einen neuen Roman, doch unter einer Bedingung: Happy End. Doch ich glaube nicht an die Erwiderung von Gefühlen. Und um über die Liebe zu schreiben, muss ich diese selbst erfahren. Ich konnte wegen der Reizüberflutung bis zum Morgen nicht einschlafen. Die Hände juckten und baten mich darum, schöpferisch zu sein. Doch der Verstand fügte hinzu: „Es gibt keine Liebe, nur im Film und in Büchern. Es gibt nur die Gewöhnung...Und wenn man gut nachdenkt?"

Im Traum erschien mir ein Engel. Er umarmte mich so zärtlich und fragte:

„Lieben Sie Ihre Mutter?"

„Eine seltsame Frage..."

„Welche Beziehung haben Sie zur Großmutter?"

„Meine Oma Vera ist gestorben."

„Unwichtig. Unterhaltet euch. Brauchen Sie Hilfe?"

„Ich will Liebe. Erwiderte Liebe. Für ein ganzes Leben. Was soll ich tun?"

„Lieben. Mama und Papa und die Großeltern und sich selbst annehmen, sich verzeihen, selbst lieben. Doch es wird kein neues Leben geben, bevor du dich nicht von dem Alten verabschiedet hast. Und erinnere dich daran: niemand schuldet dir irgendetwas. Jeden Tag lebst du für dich selbst: du selbst zu werden. Und komme erst einmal mit dir zurecht, warum du dich selbst bestrafst, warum du nicht lieben kannst? Komme klar mit deinen Gedanken, Emotionen, Gefühlen: Stress verursacht Chaos der Gedanken. Er gibt ein gegensätzliches Potential den Ereignissen und Beziehungen. Lass uns mit der Entkräftung der irrationalen Programme beschäftigen. Sobald in deinem Herzen und Gedanken Licht und Liebe bleibt, wird in dein Leben ein Meister von glücklichen Beziehungen eintreten...Und erinnere dich, dass man für das Glück kämpfen soll, mit sich selbst. Lasst vergangene Situationen los, fügt Fleiß hinzu, verstärkt den Glauben und das Vertrauen. Bearbeite diese Fragen, wenn du wirklich Liebe und Glück möchtest...

Du wirst lächeln. Alles wird bei mir anfangen. Ich bin die Quelle, ich bin der Anfang meines Lebensraumes. Und ich wollte so sehr die Welt umarmen und allen sagen: „Menschen, verzeiht mir meine Unfähigkeit, mein Unwissen, meine Sorgen, Ängste, Misstrauen, Vorwürfe..."

Nun kam die Zeit, an der ich um Verzeihung bitten wollte. „Ich war hart und ungeduldig, war unsensibel gegenüber fremden Leid, karg mit Liebe und abrupt. Ich nahm auch mal die Rolle des Richters auf mich, dort, wo Gott allein richtet.. Manchmal wollte ich die Verbindungen unterbrechen...Es kam auch vor, dass ich undankbar war, nicht lernte zu bitten, zu verstehen...

Verzeihen Sie mir. Sie wissen doch, dass man nicht erwachsen werden kann, ohne dass man einige Male in den Abgrund zu blicken, während man durch das Leben streitet.

„Gott wird verzeihen..."

Das sind die Menschen, die mir verzeihen: denn in einem jeden von uns gibt es einen Gott.

„Und ich verzeihe...Verzeihe und lasse los.

Und dann sehe ich, wie meine teuren Gespenster, wie bunte Luftballons in den Himmel fliegen. Rot- Maksat, blau – Danijar, grün – Vlad, gelb – Dima, rosa – Darhan...Und ich schwimme auf dem Bötchen über den Wolken und kontrolliere die Luftballons. Wohin die Energie geht, dorthin auch die Ballons, wohin die Aufmerksamkeit geht, dorthin geht auch das Boot. Solch ein wolkiges Abenteuer. Auf den Wellen, auf den Wolken ritten die Ballins davon, eines nach dem anderen. Und ich fühlte mich so glücklich: eine volle Balance.

Sie sind weg gesprungen, weggeflogen, weggelaufen vor mir. Ein jeder nach seines Bahn hinter blaue Berge, Ozeane, dort, wo auf sie eine zauberhafte Realität wartet. Ich wünsche jedem Glück. Und weiter, wer oder was erscheint in meinem Leben? Denn das Theaterstück wurde zu ende geschrieben, noch vor meiner Geburt. Ich bemühe mich, zu erinnern: denn wir wissen alles. Wir hören auf uns selbst...Was möchte ich?

Ich möchte lieben, sehen, hören, spüren, küssen, füttern, witzeln, mit meinem einzigen sein, seinen Geruch einatmen, ihn schmecken...

Ich möchte ihn ganz: mit seinem Charakter, seinen Gewohnheiten, Wünschen und Spinnen. Wo ist er? Ich brauche keine formalen, romantischen Spiele, keinen oberflächlichen Flirt. Ich habe keine Zeit für toxische Beziehungen. Für die Suche nach der besseren Hälfte kann viel Zeit vergehen. Doch ich bin bereit zu warten..."Wie lange habe ich nur geschlafen?" ist der erste Gedanke des Tages. Ich strecke mich wie eine Katze, ziehe die Decke über die Augen, weil die Sonne blendet und lese mein Zaubermantra: rcy, pe, sha, welches ein zauberhaften Anfang verspricht und etwas für mich angenehmes mit der Vollendung des Beginns. Zum Frühstück: Sesammilch mit Fruchtchips und das gewöhnliche, morgendliche Lesen von Whatsap, welches dich an die Treffen erinnert:

„Ich warte auf Sie in der Redaktion zu Beginn des Arbeitstages. „Welch eine Dringlichkeit und warum wird der Rhythmus meines Lebens unterbrochen? Ich bin ein Freelancer und mir selbst ein Regisseur. Und was ist wenn? Ja, ja, das Herz weiß, dass ich mich in die Redaktion beeilen soll.“

Und nun habe ich meine Gürtel gefestigt, meine Pariserin, wie ich zärtlich meinen Peugeot nenne, fährt mich und die Seele fliegt mit Lichtgeschwindigkeit. Doch die Umgebung ist dichter und man benötigt Zeit in dieser physischen Welt. Nun muss man die Seele bändigen, die Aufmerksamkeit auf die Welt lenken, in der ständig Wunder geschehen. Eben schien noch die Sonne und hier sind wieder die Regentropfen. Und hier auch der Regen. Ich mache die Scheibenwischer an, höre Tatjana Samarina, wie man mit dem Zopf arbeiten muss, um die Absicht zu zulassen und die Gedanken sind wie Regenbogen. Ich bin mir sicher, dass alles so sein wird, wie ich es möchte. Und sogar besser. Denn ich gehe auf dem Pfad der Selbstaktualisierung (indem ich den Verstand, den Körper und die Emotionen zu einem ganzen vereine), die neue Möglichkeiten eines Seins und Bewusstseins miteinander vereinbaren.

Nun bin ich angekommen. Die Gedanken verkürzen den Weg. Und deswegen verkürzen sie auch das Leben, deswegen versuche ich weniger nachzudenken, mehr mit dem Herzen zu fühlen, doch bisher sind die Gedanken wie ein Bienenschwarm. Die Gedanken sind chaotisch.

...als ich zum ersten Mal die Tür zum Verlagshaus öffnete, ahnte ich nicht, dass ich von diesem Moment an, nicht ein Tag ohne eine Zeile verbringen würde. Jedes Mal, wenn ich ein neues Buch brachte, sprach ich darüber, dass ich im Auftrag des Autors gekommen bin. Ich sah das freche Lächeln des Herausgebers, den man nicht anlügen kann, ich hörte auf die Kommentare, Glückwünsche und flog auf den Flügeln, um wieder einzutauschen in das Flüstern der Morgensterne.

Heute traf mich der Redaktor bereits beim Eingang. Kein Wort darüber, was man korrigieren muss, wo man Pfeffer hinzufügen sollte, wo man eine Träne zulassen kann. Er öffnete die Video-Einladung, welche darüber sprach, das mein Buch „Spiegelung" als eines der besten anerkannt wurde, die Auszeichnung findet in Wien statt..

„Fliegen wir gemeinsam. Es wird genug Zeit geben, die Arbeit zu bewerten und dann endlich den Autor kennen zu lernen!"

„Wo soll ich mich verstecken aus dem U-boot, antwortete ich ironisch und ließ mir das Recht eine Unbekannte zu bleiben bis zum Moment des realen Treffens. Nachdem ich eine offizielle Einladung zu der Zeremonie der Auszeichnung bekam, verabschiedete ich mich und verließ das Büro, setzte mich ins Auto und fuhr langsam nach hause. Der Flieger ging am Abend, es war noch genug Zeit. Doch der Gedanke daran, wie die Besitzerin der Auszeichnung aussehen soll, gab mir keine Ruhe. Der erste gewöhnliche Gedanke: warum soll man sich Stress machen: ich mache mir einen Look aus dem was im Schrank hängt. Ich bin doch kein Stern aus dem Show-Business. Als ich an der notwendigen Abbiegung vorbeifuhr, sah ich vor mir ein Handelszentrum

Ich entschied mich in einer Sekunde. Und nun gehe ich mit schnellem Schritt an den Boutiquen vorbei und betrachte mit leichter Trauer die grauen Kostüme für wahnsinnige Preise und ich stelle mir die Frage, ob die Designer und Marketologen selbst diese Kostüme tragen. Als ich die Hoffnung verlor, etwas passendes zu finden, sah ich ein schönes Kleid, das mir zuvor nicht auffiel und nun verstehe ich, dass ohne dieses mein Leben grau sein wird. Ich nehme das Kleid ohne es anzuprobieren und eile schnell Nachhause. Nun bin ich auch am Flughafen. Der Flug. „Guten Tag , Wien!"

Und morgens um 10.00 bezaubere ich mit dem Glanz des wunderbaren Outfits den Saal, wo dieses besondere Ereignis stattfindet. Alles geht so schnell, dass man das Gefühl hat, dass alle Umschwünge unbekannte Dienstinstrumente sind, die nicht von der Aufmerksamkeit tangiert werden. Eduard und ich verließen die Bühne, als wir uns an den Händen hielten. Der Stehempfang, viele neue Bekanntschaften, Bestellungen. Hier wird gerade ein Bestseller geboren.

All meine Fragen wer im Leben meine Gedichte, meine Romane braucht, denn ich schreibe ja nur für mich selbst, weil ich nicht ohne Schreiben kann, zerflogen. „Ich erkannte mich selbst", „ich fand die Antworten auf meine Fragen", „Ich verstand, dass jeder seinen Weg geht und jeder hat seine Schwierigkeiten", „Ich schlafe mit ihren Gedichten, lese sie unbedingt vor dem Schlaf." „Ihre Bücher sind eine reale Seelentherapie."
Die Worte sind kostbar, doch noch kostbarer ist der Blick Eduards, der immer in meiner Nähe war. Wobei er immer in der Nähe war. Ich spürte bei den Treffen, dass er ahnt, wer der Autor ist, und er schickte mir seine Herzensstrahlen und inspirierte mich für eine neue Geschichte.

Am Abend gab Eduard zu, dass als er meinen Roman bestellte, er eine Geschichte über mich bestellte. Er verstand, dass man nur Gutes schreiben kann, was bereits erlebt wurde.

Wir warteten nicht das Ende des Abends ab, so sehr wollten wir gemeinsame Momente zu durchleben , die wir so lange geplant haben, doch wir entfernten und, weil wir uns unsicher waren, in die Richtung der nicht erlebten Ängste und Schmerzen. Wir suchten beide nach den Mitteln um uns gegenseitig den Weg zu ebnen. Wir suchten die Brücke...Heute ist der Abend der Geständnisse. Und wir teilen ein Geheimnis.

Bei dem Eingang aus dem Schloss wartete auf uns ein Cabriolet. Ein Zeichen von Aufmerksamkeit von Eduard. Ich lese seine Antwort auf meinen beeindruckten Blick:

„Heute ist unser Tag."

„Jeder Tag, den wir zusammen verbringen, gehört uns."
Eduard drückte auf den Knopf auf dem Rücksitz und vor uns öffnete sich ein Tisch.

„Er öffnete virtuos den Martini und sagte mir die aller wichtigsten Wörter:

„Sei du selbst und mit mir."

„Ich bin immer bei dir. Immer."

Ich spürte Flügel hinter dem Rücken, und unter den Füßen ein Fundament. Zuerst wollte ich nicht durch die Museen gehen, in mir die Atmosphäre des aristokratischen Wiens aufsaugen. Es gab nur noch ihn und mich. Das ist gerade dieses Ereignis, wenn man sagt: soll die ganze Welt warten...Doch am Abend genossen wir das schöne Konzert von Strauß und Mozart im Lanner-Saal Kursalons.

„Ein Mekka der klassischen Musik" verhätschelte uns mit Champagner und spielerischer Laune. Und ich verstand , dass diese hohe Noten den Ton meines neuen Lebens ergeben. Und nach zwei Tagen erwartete uns Mallorca. Spanien – mein Traum. Und ich verplapperte mich ohne zu merken, dass Eduard alles hört.

„Welch ein Glück!"

Unser Abteil war mit dem Blick auf das Meer, doch wir befanden uns kaum darin. Am Tag – der Strand, und am Abend die Restaurants und die Diskotheken.

Wir tanzten wie in der Jugend und liebten einander wie zum ersten Mal.

Und früh am Morgen wieder zum Meer. Die Energie überstieg das Maß. Wir ahmen Delfine nach, Wellen, schwimmen, dann, einer Muschel ähnlich, liegen wir am Strand, fliegen wie die Möwen in den Himmel und dann tanzen wir auf dem Sand den „Schwanensee", singen dazu und spielen die ganze Zeit wie Kinder. Das Meer reinigte jede Zelle, und ich fühlte, dass ich frei bin von dem Schicksal meiner Mutter, und mein Liebster ist frei von dem Bild meines Vaters. Ich verdiene eine reine, erwiderte, ewige Liebe und ich nehme sie mit Dankbarkeit an. Das Mittelmeer füllte mich mit Mythen der Alten Welt, füllte den Ozean meines Bewusstseins mit ganzen Bildern und formierte das Verständnis meines neuen, inneren Programms, formierte die Werte der Welt, in der es Platz gibt für den Einzigen. Damit kann man meine glückliche Geschichte beenden. Doch wozu kam es: bereits am Anfang meiner Schöpfung, formierte ich meinen Lebensraum. Als ich von der Reise zurückkehrte, bewohnte ich ein neues Heim. Mir gefiel mein neuer Lebensort: ein familiäres Nest schaffte Eduard nach einem besonderen Projekt. Und darin gab es alles für ein umweltfreundliches Leben in Liebe und Freude. Wir schrieben, lasen, träumten, meditierten zusammen. Genauer, ich schrieb und er lektorierte. Unsere Bücher wurden verfilmt und ich wurde eingeladen für die Rolle der Hauptheldin und argumentierte damit: „Ein talentierter Mensch ist in allem talentiert. Spielen Sie sich selbst und wir geben Ihnen ein Honorar." Mir gefiel meine neue Lebensweise. Nun, hier ist ein Punkt und das Ende. The End. Der Vorhang schließt sich. Doch da taucht der Regisseur auf und verkündet den Beginn einer neuen Szene.

„Die Geschichte geht weiter. Ich bitte alles auf die Szene."

Und genau in dem Augenblick als wir zum Ende kommen, beginnt eine neue Windung und paradoxerweise kehren auch die Gespenster zurück. Die erste Reaktion:

„Nein, sie haben keinen Platz in meinem Leben. Ich bin frei!"

„Genau so: frei, dankbar, verliebt. Ich bitte alle in den Kreis. Der Tanz der Gespenster in den himmlisch Weiten. Die Hauptperson in den Blättern der Kirsche transformiert sich in eine glückliche Erschaffung, die eine neue Seite des Lebens beginnt. Diese wirft sie in den Süden Italiens. Dort wird sie ihren mehrbändigen Roman schreiben über eine zärtliche, wahre Liebe, und zwischendurch wird sie Schmuck herstellen, aus Vintage-Scherzartikeln, die aufbewahrt wurden in Großmutters Schatulle mit natürlichen Ornamenten: Muscheln, Gras, Meeressteinen. Das Vergnügen der Hauptperson wird in ein Geständnis wachsen und in die Geburt der Marke „Sheruaz." Sie wird zur Machthaberin des Zentrums von glücklichen Beziehungen. Und das Sujet werden wir in Rom aufnehmen. Die Handlung wird auf dem Appievo-Pfad vonstatten gehen – ein Weg, der die Ewigkeit symbolisiert. Details werden folgen. Sind Sie bereit für die Fortsetzung der Aufnahmen?

Wie hat sich alles ergeben. Frühling. Neue Welt. Ein neues Ich. Eine neue Familie. So, wie es meine Seele sich wünschte. Eduard fliegt mit mir für die Aufnahmen in Italien.

„Doch zuerst müssen wir den Vertrag unterschreiben aus Singapur für die Herausgabe des Buches mit einem angewandten Charakter „Das Glück der eigenen Hände." Hier kann man seine Fähigkeit der Transformation teilen, darüber erzählen, wie man immer in der Situation der Liebe verweilt. Soll er von der Liebe durchtränkt sein. Soll die Liebe von den Buchseiten fliegen, sich auflösen und sich in eine jede Zelle transformieren, bei jedem, der das Buch berührt hat. Und das Buch wird es in einer jeden Familie geben. Darum wird sich der internationale Bereich des Glücks und der Freude sorgen. Das Buch soll man in einem Monat schreiben. Deine Mission ist, ein Führer in der neuen Welt zu sein, ein Guide, ein Navigator. Morgen fliegen wir nach Singapur. Und heute – in den Beautysalon, in die Wahl des Kostüms und dem Abendessen bei Kerzenlicht. Ich werde von den Ereignissen inspiriert. Eine kleine Ewigkeit wird aufgedreht mit Bedeutungen, goldenen Fischen, die ich aus meinem Unterbewusstsein spüle und dank deren ich mich selbst verändere und mit und mit bestimmten Eigenschaften meine Helden erstatte. Wie spannend, ich erfinde selbst die Charaktere und schöpfe dank ihnen mich selbst. Meine Helden haben es mir beigebracht, ich selbst zu sein, echt zu sein. Und was interessant ist, ich spiele im Leben meistens soziale Rollen, tausche meine Masken aus und auf der Szene bin ich ich selbst, in den Büchern ist meine Seele. Es kam die Zeit auch im Leben ich selbst zu werden.

Sonst wird das Leben gefälscht, ich werde mich selbst belügen. Und warum trauen sich die Menschen nicht sie selbst zu sein? Möglich, weil sie nicht bestehen konnten. Und da wird mir klar: wenn man sich selbst um Verzeihung bittet für die eigenen Fehler, dass man sich nicht mit dem ganzen Herzen geliebt hat, dann ist es wie eine Zwischenprüfung beim Examen: die Schuld wird getilgt, die Seele wird rein und man kann zu leben beginnen von einem neuen Blatt Papier.

Ich ging zum Fenster. Öffnete es, schaute nach unten aus der fünfundzwanzigsten Etage. Die Menschen sind so klein, sie laufen, fahren, gehen. Und irgendwie kommt es aus mir heraus:

„Ich liebe euch, Menschen."

„Und ich liebe dich."

Eduard legte mir die Hände auf die Schultern. Es gab mir ein Gefühl, als ob mich ein Engel umarmt hätte: rette mich und bewahre mich. Amen.

„Du und ich kennen einander ewig. Als du das erste Mal mein Büro betratest, flüsterte mein Herz: „Es ist sie", und im Kopf schwirrte: „Wir sind ein Paar." Doch damit wir eine Einheit werden, musste ich dich erst kennenlernen und dir helfen, dich selbst zu erkennen, damit dein Herz eines Tages mich erkennt und mir, wie mein eigenes, zuflüstert: „Das ist er." Ich erfuhr aus deinen Romanen, die du für mich schriebst, von dir: ein Buch, das man in einem Atemzug liest, kann nur der schreiben, der durch sich selbst die Geschichte der Helden durchlaufen ließ. Und ich bin nicht einfach nur verliebt, sondern ich liebe dich mit dem ganzen Herzen.

Und nimm meine Bestellung an, in dem die Hauptpersonen du und ich sind und unsere Liebe. Du musst nichts ausdenken, sondern nur unsere glücklichen Momente fixieren: Nacht, die aus Sternen gewebt wurde, Sonnenaufgänge aus rosa Samt... Die Leser brauchen reale Geschichten, um zu glauben und ihre eigene zu erschaffen. Und sage mir nicht, dass meine Bestellung warten soll. Diese wird keine Bemühungen von dir verlangen. Nur die Anwendung einer Funktion: copy, paste. Und die Ereignisse werden von alleine statt finden. Ich bin auf mich selbst neidisch: leben, lieben, schöpferisch sein...

Mir nahm es auch den Atem: Das aller unwahrscheinlichste geschieht plötzlich, die Menschen, auf die man die meiste Zeit gewartet hat, kommen unerwartet. Die Liebe findet uns selbst. Und wenn sie an eure Tür klopft, erinnert euch, dass diese Tür im herzen sich selbst öffnet: denn die Liebe ist das, was du gibst, nicht das was du empfängst. Die Liebe geschieht einfach so. Das ist ein Geschenk. Und wir können nichts ma-

chen, um sie zu bekommen...Die Liebe erscheint einfach und
übermannt dich. Aber! Wenn du siehst, dass der Film bereits
zu Ende gedreht wurde, dann ist die Chance, diese Gabe anzunehmen. Nur dann stört der Verstand die Liebe nicht beim
Atmen. Der Verstand ist nicht in der Lage zu lieben. Das ist
technisch unmöglich...Diese Funktion ist nicht für ihn vor gedacht. Der Verstand gibt ihm nur die Möglichkeit die Liebe
zu registrieren und versuchen, sie nicht zu berühren. Das ist
das beste, was er für die Liebe machen kann. Wir können sogar niemandem nach unserer Wahl, die Liebe schenken. Sie
geschieht mit uns und schenkt sich dem anderem, wenn wir
uns nicht einmischen in ihre Fluten und die Bewegung zum
Liebsten. Wir mischen uns nicht mit dem Verstand ein in dem
Versuch, den Fluss der Liebe zu verbessern. Und dann, wenn
der Verstand nicht dabei stört, zu lieben, dann fließt die Liebe
selbstständig. Wenn der Verstand aufgibt und diesen Fakt annimmt, dass die Liebe unberührbar ist, dann erkennt das Herz
seinen Menschen aus einer Milliarde, einfach sehend auf dem
persönlichen Bildschirm, wie sich die Schnelligkeit des Dra-
mas vom Verstand sich entwickelt und ein Film ohne die Liebe
ist einfach nicht mehr über uns. Wenn das Objektiv einen anderen Film dreht, wo die Konturen der Gefühle verschwom-
men sind und du dich einfach gut fühlst, ohne irgendwelche
Garantien und Erwartungen. Die Kristalle des Bewusstseins
ziehen sich mit einem magischen Bild gegenseitig an. Das ist
ein Magnetismus und wir haben damit scheinbar nichts zu
tun. Die Herkunft der Liebe ist Mystik, doch das ist das Leben.
Doch wer antwortet für die Materialisierung der Situation der
Liebe? Mama. Mütterliche Energien. Und wie geht es uns mit
der Mutter? Sie blickt mich mit Liebe an...
„Mama, ich habe dir längst verziehen. Wirklich, ich war mein
ganzes Leben lang sauer auf dich.
Dafür, dass du keine Zeit für uns hattest, den Vater vertrieben
hast, und wir so keine Familie hatten. Nur das Kissen weiß, wie
viele Tränen vergossen wurden. Aus Angst, dass alle Männer
gleich sind, nur solche habe ich in meinem Leben getroffen.

Von dem Gedanken, dass du mich besser hättest nicht zur Welt bringen sollen, konnte ich bis jetzt nicht auf die Erde kommen...Ich bitte dich um die Erlaubnis, geboren zu werden und zu leben, zu sein. Ich verzeihe dir und nehme dich so an, wie du bist.

Du hast das Recht zu leben, wie du weißt und kannst. Ich wähle, warm zu sein und offen und das Leben all den Kindern zu schenken, die mich zu ihrer Mutter wählen, so wie ich dich ausgewählt habe, damit wir durch die Schule des Lebens streiten. Und der Schmerz, den wir im Prozess der Wechselwirkungen erfuhren, das sind unserer gemeinsamen Punkte des Wachstums.

„So ist es, so wird es sein. Ich segne dich."

Und da ist die letzte Aufnahme. In der Aufnahme: ich, er, wir schaukeln auf einer Wolke und werfen Rosenblätter zu unseren Füßen...Auf der Erde ist bald der Sonnenaufgang. Und bei uns ist die Liebe. Sie geschah einfach so, weil die Liebe eine Situation ist. Und der Verstand fixierte diesen Fakt. Der Verstand schweigt, da er keine Rechte hat, sich einzumischen, was oben geschieht. Die Gabe wurde angenommen! Der Film wurde gedreht. Happy End. Nach der Bestellung, nach dem persönlichen Wunsch.

„Und wie geht es weiter?" eine Frage aus dem Zuschauersaal.

Ich persönlich habe gar keine Fragen mehr: die Antworten sind auf der Oberfläche. Der Mechanismus der Schöpfung einer glücklichen Realität formiert eine Reihe von Ereignissen, dessen informationelles Level mit ewigen Werten vorgestellt wird. Diese legen sich in die Grundlage meiner harmonischen Beziehungen mit dem Ehemann, mit nahen Menschen und Kindern. Alle Lebensaufgaben werden wir gemeinsam lösen. Die Einheit! Das ist das, wozu ich so lange strebte. Und an erster Stelle steht die Harmonie mit mir selbst, die Einheit meiner Selbst!

Die Wolke senkte sich mit einem weißen Pfad auf die Erde. Wir wurden von einem Engel begleitet. Er verabschiedete sich und umarmte uns zärtlich: „Die Erfüllung der Wünsche. Mach das, wofür du geboren wurdest. Und erinnere dich: Ich bin bei dir."

Wir wachten auf dem Äquator auf. Der Blick aus dem Fenster: Orchideen, Lilien, Kakteen. Eine lokale Sprache – Mandarin. Alles funktioniert nach der Zeit – Sekunde zur Sekunde: Frühstück im Zimmer, Taxi. Treffen mit dem Herausgeber. Das Unterschreiben des Verlages praktisch ohne Worte: In Singapur handelt man nach der Intuition, dem Klarblick. Der Besteller ist überzeugt, dass er rechtzeitig die Leitung bekommt, die das ganze Land mit Glück erfüllt.

Die Fragen nach der Qualität, nach den hohen Technologien, der Elektronik, wurden bearbeitet. Das Personal ist gut trainiert. Und die Fragen der Selbstverwirklichung, der Spiritualität, der Schöpfung stehen noch auf dem Tagesplan. Als ich Jack auf der Buchmesse traf, in China, schenkte ich ihm neben meiner Visitenkarte eine Sammlung von Gedichten. Ich hatte dabei gar nicht daran gedacht, dass darauf eine sofortige Einladung kommt: Die Bosse in Singapur denken schnell, sie treffen schnelle Entscheidungen. Ich verließ das Büro Jacks mit einem Vertrag, in dem sogar die Form der Erzählung – das storytelling, welches jeden Moment des Lebens, angefanfen bei der Geburt, mit einbezieht.

Was soll man dazu sagen. Es scheint als ob tatsächlich die Zeit kam, um über mich zu berichten. Das ist für mich ein Geschenk des Universums. Ich erinnere mich an jeden Augenblick und fülle diesen mit neuer Bedeutung, atme die Liebe. Ich erarbeite alles bis in die Einzelheiten, treffe jeden, der in meinem Leben erschien, mit einem bestimmten Ziel

Ich werde jedes Ereignis umschreiben, jeden Augenblick reinigen von Falschheit und das Leben wird wie ein Kristall glänzen.

Die Uhrzeiger zählen die Minuten, ich spüre, dass alles um mich herum in mich fährt, fliegt. Zusammen mit Vögeln, Gebäuden, Aromas und auch Klänge, Geräusche und Wörter fliegen in mich.

Das heißt in meiner Seele gibt es Platz für etwas Neues! Das sind Gaben! Ich danke dir Universum. Nehme an! Ich öffne mein Laptop und beginne einen neuen Roman. Es ist alles so geisterhaft in dieser sich wandelnden Welt. Die Gespenster kommen zurück und ich bin so glücklich, dass es sie in meinem Leben gibt.